醉里吴音

——关于花朵、风物、传奇和记忆

荣荣 著

中国旅游出版社

策　　划："芒鞋"编辑部
责任编辑：王佳慧　胡一鸣
责任印制：冯冬青
封面设计：主语设计
内文插图：施欣仪

图书在版编目（CIP）数据

醉里吴音：关于花朵、风物、传奇和记忆 / 荣荣著
. — 北京：中国旅游出版社，2021.10
（"芒鞋"丛书）
ISBN 978-7-5032-6800-7

Ⅰ.①醉…　Ⅱ.①荣…　Ⅲ.①散文集 – 中国 – 当代
Ⅳ.① I267

中国版本图书馆 CIP 数据核字（2021）第 184588 号

书　　名：醉里吴音——关于花朵、风物、传奇和记忆

作　　者：荣　荣 著
出版发行：中国旅游出版社
　　　　　　（北京静安东里 6 号　邮编：100028）
　　　　　　http://www.cttp.net.cn　E-mail: cttp@mct.gov.cn
　　　　　　营销中心电话：010–57377108，010–57377109
　　　　　　读者服务部电话：010–57377151
排　　版：北京中文天地文化艺术有限公司
印　　刷：北京金吉士印刷有限责任公司
版　　次：2021 年 10 月第 1 版　2021 年 10 月第 1 次印刷
开　　本：889 毫米 ×1194 毫米　1/32
印　　张：6.375
字　　数：115 千
定　　价：49.80 元
I S B N　978-7-5032-6800-7

竹杖芒鞋轻胜马

（出版说明）

　　中国文人历来有为祖国名山大川著书立传的传统，越是民安物阜的年代，这样的考据与撰写就越繁荣。如今正是休明之年，作为国家级文化和旅游专业出版社，策划出版一套由中国当代著名作家执笔的地理散文丛书，可以说是为时代著述，为祖国立传，具有重要的社会价值。

　　近年来活跃在中国文坛上的许多中青年作家、诗人写的随笔和散文，率性鲜活，风姿绰约，读来让人心向往之，字里行间最能看出他们的真性情，那些最前沿的刊物都愿意刊发这些作家诗人们写的随笔，因为作品里有人文，有地理，有故事，有情感，有心跳，所以显得有趣，读起来让人更有身临其境之感。这些作家是文学领域的流量担当，当他们把目光投向山川草木，用脚步丈量天地人间，用笔墨透视历史人文时，便带来了文旅结合的崭新文风和重磅之作。

这套系列的主旨是将大地与生命结合起来，作家需要行走并实地考察，必须经过详细的田野调查，对山川、草木、河流、人文、历史等都有详尽的考证和触摸，为名山立传、为大江大河立传、为历史名城立传、为世界自然遗产立传。

其中最关键的一点是：当置身于一个广阔的历史空间和博大的地理环境中，作家把自己放在哪个位置？作家跟大地和历史如何碰撞出火花？作家以其广博的人文沉淀、敏锐的世事观察、犀利的批判思辨，赋予了这套系列特有的广度和深度。

2020年本系列出版了第一辑的三部作品，分别是鲍尔吉·原野的《大地雅歌》、商震的《蜀道青泥》和朱零的《从澜沧江到湄公河》，初步展现了本系列在大地、历史、人文方面的宽博视域。

2021年的三部作品分别是商震的《古道阴平》、路也的《未了之青》和荣荣的《醉里吴音》。

《古道阴平》是《蜀道青泥》的姊妹篇。"阴平古道"是一条缩短历史发展进程的"邪径"，同时阴平道也是名副其实的政治、军事、经济、文化之道，是中华民族文明进程的记录者。诗人商震翻山越岭，徒步穷尽"阴平古道"，寻访数十个地点，考证并援引史书典籍、民间传说……在"问史"的路途中，联想、猜想与冥想，将蜀汉灭亡、民族融合、时势英雄与历代修史者、听史者紧紧联系起来。敢于对历史进行无忌的猜想和诘问，敢于对史学家进行有据的质疑和纠偏，展示了作者思辨性的写作风格，其用笔亦是汪洋肆意，千年一瞬，有谐趣也有较劲。

　　《未了之青》是一部行走之书，更是一部寻找之书。人民文学奖获得者路也以步履不停的寻访和密度极高的文字探寻着齐鲁大地上的文化坐标，高远、厚重的地理文化气息扑面而来。读者从书中不仅会读到地理和人文知识，更会读到作者内心的激情。她不知疲倦地行走，是为了让久存心底的情绪和经验被重新激活。借由文化行走，精神场域被缓缓打开。

　　《醉里吴音》是关于吴地的花朵、风物、传奇和记忆之作。鲁迅文学奖获得者荣荣将江南文脉凝聚成笔端灵气，细细述说着吴地的种种花事、酒事、情事、文事，并对之进行诗意的、文化的、历史的、当下的种种鉴别，让知识性、趣味性在书写中兼具，将自然事物进行文化认同，将相关的历史人文故事作当下的现实解读，如暗香浮动，如团扇慢摇，充满了人文关怀和缱绻深情，读之令人如品佳酿。

　　"竹杖芒鞋轻胜马，谁怕？一蓑烟雨任平生。"东坡先生的这句诗给了我们关于这套当代著名作家散文丛书最贴切的意象——既有仗剑天涯的文人豪气，又以"芒鞋"的形象带我们走进人间万象。希望以这套丛书的出版为契机，陆续推出更多文化行走类图书，让"知"与"行"，"史"与"今"，通过作家细腻的笔触生发出更广阔和瑰丽的天地。

"芒鞋"丛书编辑部

2021 年 9 月 10 日

目录
C O N T E N T S

第一辑

暗 香

人总会喜欢长长久久的东西，花朵的美而脆弱，更像内心的脆弱，而内心的脆弱更多来自于潜在的不自信，是根深蒂固地对人心易变、时光易逝、容颜易老的一种认定。但花的美丽是无法否认、无法不喜欢的。于是我给自己界定为"隐性的爱花人"。这种喜欢，在相对无忧的年少时候也许会表现得更直白些。那是独属于无尘时光的本真朴素的热爱，一种没有负担的热爱。

蜡梅横斜

一

我一直用五笔打字。五笔连打，"腊梅"可以，"蜡梅"却不能。我试着用拼音连打，先跳出来的组词也是"腊梅"。编杂志，校对是一个很容易让杂志人折跟斗的质量环节，多年来一直如履薄冰，所以，究竟是腊梅还是蜡梅，这是个扣分又扣钱的严肃问题。以前腊梅与蜡梅是可以通用的，有一种说法是"'蜡'字系周代所用，秦代改用'腊'字，因而蜡梅的'蜡'字，可和'腊'字通用"。也有说不可通用："蜡梅开黄花，原名黄梅。古籍《礼记》上说：'蜡也者，索也。岁十二月，合聚万物而索飨之也。'古代十二月的一种祭祀就叫'蜡'。因当时岁暮为举行大祭祀之月，故农历十二月就叫蜡月。而蜡梅开于蜡月，故此得名。"都有理，不是吗？但现代汉语规范里，只能用蜡梅。规范是必须遵从的，难道想翻天？所以，蜡梅就蜡梅吧。我得忘了五笔可以方便地连打"腊梅"这件事。

这不妨碍我喜欢蜡梅。理由不少，那些流传下来的诗句都是理由，什么"枝横碧玉天然瘦，恋破黄金分外香"，什么"隆冬到来时，百花迹已绝，惟有蜡梅破，凌雪独自开"。但我喜欢的最大理由是它花开的样子，如此冷冽又如此热烈。这是两个矛盾的词，前者有环境因素，后者，是因为满树满心的花，开得如此热闹、干净，没有任何废叶衬托。让"好花还须绿叶配"这句话废了。废得多好！

细究起来，我一直对那些先花后叶的植物爱得投降。比如，白玉兰，作为观赏树，冷不丁地举着大把白火焰，大咧咧站在你跟前，让你的眼睛没法移开。比如，在公园，或野坡上，一树嫩嫩的迎春花撞上来，你不得不稳住你的步子。比如，一棵碧桃，它的颜色已让你合不拢嘴了，偏偏那么多，花也娇艳得一塌糊涂，你若不爱除非眼瞎。还有海棠、桃树、榆树、樱花等。爱这些花的人，他们的时日是按这些花来定的，如樱花季、海棠季、桃花季什么的，并在每个不同的花季里开心地过节。

但不能真往里细究它们为什么会先花后叶，因为科学的解释总让人内心风景大跌：什么单纯热烈，花是花、叶是叶，那只是植物应自身花叶所需环境不同而作出的选择，才不管赏花人该作何想。你看不看，你在不在场，你欣不欣赏，与它们何干？科学告诉我们，一般来说，开花的植物，它们的叶和花的各部分早早地都已长成并包在芽里，像那些演员在后台候场。等气温合适，各部分的细胞很快分裂生长起来，花和叶就伸展开来露在芽外面，形成开花、长叶的现象。先长叶后开花或是先开花后长叶的植物，都是根据叶芽生长所需要的温度来定的。就说蜡梅吧，它的花气温低时就可以开，而叶子要求的温度高一些，所以，寒冬腊月，它从后台转到前场，闪亮出场，而叶子，对不起，麻烦再耐心候一会儿吧。

所以我还真得感谢蜡梅的叶子，比花娇气，才能让我们在冬天得赏蜡梅花开的奇景。

但每次看到这些纯得不行的花开，我还是很想说：瞧瞧，这才叫开花。有一个熟词叫裸开，设想一下，呼啦一下，就绽放了，不用多余的过门，它们退场时，再让叶子慢慢长出来。花是花、叶是叶，泾渭分明。各个做好各个自己，不混为一谈。多好！

这最容易让我联想到的自然还是人间爱情。先花后叶，就像先有爱，才有其他。而不是带着结婚生子、传宗接代的世俗目的，与人相识交往。当然，怀着传宗的目的去恋爱也没有错，但终究没有盲目单一的爱美好。前者又像在做命题作文，分数是目的，后者是直抒胸臆，更情真意切。我总怕太明确的目的，往往会将好好的人间情爱搞得面目全非，一不小心就会一地鸡毛。

二

如果同样生机盎然的一朵花与一片绿叶放在我面前，由我任选其一，下意识中我肯定会选那片绿叶。似乎绿叶更让我有种安心或归属感。在户外，除了那些特别醒目的花，我也会将目光更多地停留在那些绿意上。其实我知道，我只是在回避或干脆是在逃避什么，也许是自惭形秽，也许是下意识里的"花无百日红"。人总会喜欢长长久久的东西，花朵的美而脆弱，更像内心的脆弱，而内心的脆弱更多来自潜在的不自信，是根深蒂固地对人心易变、时光易逝、容颜易老的一种认定。

但花的美丽是无法否认、无法不喜欢的。于是我给自己界定为"隐性的爱花人"。这种喜欢，在相对无忧的年少时候也许会表现得更直白些。那是独属于无忧时光的本真朴素的热爱，一种没有负担的热爱。

我现在的疏懒也与小时候的勤快全然不同。对此我的辩白是小时候干得太多了，现在能歇就歇歇。那时的我，给家里仅有的花草浇水、松土，有时还忍着恶心除个虫什么的，那都是我非常乐意做的课外活动。记得有一种虫细细的、白白的，会牢牢地粘在那些叶子上，像石灰点撒在上面，我得用巧劲才能将它们抠下来，又要尽量不伤着叶子。

那时候喜欢花，还学着做各种花，在学校的劳作课上做花，我肯定是积极分子。也会在家里学着做，用一些碎布、种种颜色的碎纸或别的什么。做的花有各种绢花、纸花，那些花大多是蔷薇、月季，因为蔷薇、月季的外形更好模仿些。有时几个同学一起做，有时还会与家人一起做，那场景，想起来还是温馨又热闹的。

还有一种花做得次数多，而且自认为做得特别好，那就是蜡梅了。

做蜡梅往往是在过年前后，我想给家里添点热闹和生气。材料不费什么功夫就能取到，就是去树上折些曲折的裸枝杈，再准备红的白的蜡烛、少量的棉花和棉纱线、小铁碗或铝碗，就可以上手了。做的时候，事先按蜡梅开放时疏落的样子，分别将少量的棉花在要置花的地方绑好，稍稍拉松拉毛了，然后将在冷水里浸过的手指，快速地伸入在煤炉上化开的蜡烛油里，提起，按在棉花上，按一次就开一朵花。沿棉花按上一圈儿，手指得换着用，浸入蜡油的深浅也要有不同，还得弄几个花苞，粘上去后趁一时没凝固，用手沿花碗往内捏一圈。如此这般，一枝"疏影横斜水清浅"的瘦梅就完成了。

这样的蜡梅，我一次会做上不少，不忘送几枝给平时对我颇多关照的邻居大妈。其余的一般都会拿个空酒瓶插起来，置放在家里所有能摆花的地方：写字台、五斗橱、窗棂。甚至直接插几枝在泥地上。然后在家里跑进跑出的，看着这些花，看着看着，特别赏心也很有成就感。

这些花也会"凋谢"，那些粘上的蜡梅花时间一长就会掉下来。现在大小事都似乎不计较的我，小时候还是一个能想着"长远"的孩子，我会用一张旧报纸，将那些"败花"收捡起来，放好，想着下次再做，能二次利用。

三

在所有花语里，蜡梅花的花语应该是最多的，有慈爱之心、高尚的心灵、忠实、独立、坚毅、忠贞、刚强、坚贞、高洁、高风亮节、傲气凌人、澄澈的心、浩然正气、独立创新。估计有话语权和命名权的人，一高兴了，就将自己喜欢的品格，往蜡梅身上招呼。反正怎么招呼都不会错，因为蜡梅确实千好万好，给人呈现的都是正面的、向上的形象，而且严冬开放的美丽物事，在艰难的时世里，将什么样的词安给它，都错不了。

蜡梅花太美了，花开晶莹小巧，颜色也喜人，很长时间里，一直是女子装饰头面时佩戴的花朵。《木兰辞》里有句诗："当窗理云鬓，对镜贴花黄。"那时候老师对我们的解说是：木兰坐在窗前梳理云那样好看的头发，对着镜子在脸上贴好花黄。说花黄是古代妇女的一种面部装饰物。我现在才知道，这个花黄，最早的来历就是蜡梅花。

说起来，贴花黄这个美颜行动来自汉代的赵飞燕。那时候，汉成帝极宠赵飞燕，她喜花，尤其钟爱蜡梅，成帝就投其所好，亲自去飞燕的昭阳殿为她种植蜡梅数株。这年冬天，蜡梅盛开，飞燕日夜赏玩，成帝为讨飞燕欢心，遂选几朵新绽蜡梅花，用朱丝系为一串，佩戴在飞燕额上。飞燕甚喜，为成帝舞了一曲以谢圣恩。之后，成帝每日必为飞燕采蜡梅花饰妆。

从此，蜡梅饰额风行天下。

蜡梅能做额饰，自然也可饰于别处和派别的用场，如姑娘们有将蜡梅花枝插在胸前或头上的，并常常将此作为迎春的举动。人们在寒冬腊月或春节期间走亲访友时，也会送上几枝蜡梅花，祝愿主人家兴旺祥和、幸福美满。用一束清香的蜡梅送老年人，还是一份特别有敬意和深意的礼物。由于蜡梅的高洁，人间还有不少地方将蜡梅花作为祭神的供花。

中原人对蜡梅特别情有独钟。河南鄢陵县人早在宋代，已培育出"素心""檀香"与"馨口"等优良蜡梅品种，至今，当地花农多称蜡梅为梅树。宋代大诗人苏东坡住许昌时，在小西湖畔房前屋后广植蜡梅，其居室匾也书为"梅花堂"，他的《蜡梅一首赠赵景贶》一诗中，有"天工点酥作梅花"句。这种种说法都让蜡梅与梅花混淆。其实蜡梅并非梅类，两者亲缘甚远，在植物分类学上，蜡梅属蜡梅科，落叶灌木，而梅花则是蔷薇科植物，由于它们相继在寒冬腊月或早春时节开花，而且花形、花香相似，所以常被人们误认为是同种。

但蜡梅与梅花在我看来的最大不同是花质，蜡梅的花质是其他花品少有的，它的花有光泽，晶莹剔透如玉。每当在冬天，我想起寒风装满蜡梅的玉杯，有天地俯身饮之，心中就会有一幅大画拉开，有一丝豪情回旋。但眼前常常无蜡梅可赏，这时，心里有没有感觉缺一块儿呢？如果有，最适宜拿起手机呼一二酒友："晚来天欲雪，能饮一杯无？"

栀子花开

一

知道我想写花朵却又选择困难时，我先生说，写写栀子花吧。

听他这么一提头，我的嗅觉仿佛一下子被打开了，一阵奇香从记忆深处袭来。我仿佛重新置身于大学校园里，那里的栀子花又开了。我看到自己拿着一本诗集，边走边读。从栀子花旁边走过时，我四年的校园生活在那里飘浮着，未来有着许多模糊的向度。

那样的虚浮，像极了那些让我五味杂陈的梦境。我知道虚浮的只是我自己，而栀子花，一直安静地长在道旁，独自散发着属于它自个儿的芳香。

好吧，那就写栀子花。

我一直生活在栀子花随处可见的南方。不知道是不是一种默契，南方的校园里，几乎都将栀子花作为一种绿化植物。栀子花不开花的时候，并不显眼，混同于其他绿植，安静地站立于阶前、池畔或路旁。但一开花就不得了，是香得不得了。它会香成啥样呢？汪曾祺先生在短文《夏天》里非常口语的表述令人难忘：……香气简直有点叫人受不了，我的家乡人说是"碰鼻子香"。栀子花粗粗大大，又香得掸都掸不开，于是为文雅人不取，以为品格不高。栀子花说："去你妈的，我就是要这样香，香得痛痛快快，你们他妈的管得着吗！"

汪先生这段文字太可爱了。他说的栀子花香为文雅人不取是有道理的，雅，是淡雅、清雅，文，是文静、安静，是处世不惊的老练，这些都与浓字相反，所以，大咧咧的香得似乎不讲章法的栀子花，与文雅确实相去甚远。也正如此，它太适合做校园绿植了，因为那份浓香，与青春的跳脱不安正好吻合。如此是否也可以解释，为什么有关栀子花的影视与歌曲，几乎都与青春和校园有关，与年少时懵懂的爱情有关，也与藏在怀想里的种种遗憾有关。

"栀子花，白花瓣，落在我蓝色百褶裙上。爱你，你轻声说，我低下头闻见一阵芬芳。"刘若英的《后来》这首歌，通篇歌词都是直白言说的风格，只有这几句场景化了、细节化了，成为歌里的亮点，我觉得这首歌如果改名为《栀子花》也是贴切的。这首 20 世纪 90 年代的歌现在仍是 KTV 里熟女们的常点曲目，我想不是她们真的有什么遗憾，她们唱它，更多的是一种怀想吧，怀想自己花样青春时，曾遇到过的那些真情的表白。

二

对我来说，栀子花的香味更多引发我对那时候一起写诗的几个伙伴的怀念。因为喜欢诗歌，从大三开始，由古体转向新诗写作的我，有了一帮中文系的诗友。经常在一起的五个人，年纪与我相仿但比我低一两届，我们特别说得来，因此组建了一个诗社，社名是我取的，叫"醉里吴音"，取自辛弃疾词《清平乐·村居》里的"醉里吴音相媚好，白发谁家翁媪？"取这名的意思很浅显，就是聚在一起喝喝酒、吹吹牛、写写想写的诗。

由栀子花引起我对诗友的怀念，是因为此花似乎常常与我们同在，一起去爬尖峰山时，山道上有它；散坐在小树林里，身旁有它；男诗友为我们两个女生献上的，让我们戴头上的，也是此花。当我们集体被花香所袭，有诗友还提议写《栀子花开》的同题诗。我毕业离校的前一晚，几名诗友在操场边陪我聊天一整晚，天快亮时，我却趴在石桌上睡着了，梦里闻到的花香也是栀子花香。我睡了差不多一个小时，他们不舍得叫醒我，就这样悄声说着话陪着我，醒来看到他们，我一下子羞愧得要命：我是个薄情的人吗？我是个薄情的人吗？我是个薄情的人吗？他们在伤离别，而我却没心没肺地睡着了。

少年情怀总是诗。读书时光，真是没有多少诗意的，但我们每个人却都诗情满满。昨天有一诗友让我对他的一组很接地气、很生活的诗说几句话，我随手写下了这么几句："他的诗很生活、很烟火，生活里的诗意被诗人狠着劲揪出来，扒皮抽筋。我赞美他诗的同时，也有点心疼生活了，我们可怜的直白简单的生活。"我突然觉得，这几句用来形容当时的我们，再贴切不过。清贫的生活，学习的压力，无所顾忌的诗情，这些交集在一起，让我们的校园生活丰厚起来，就像栀子花的香味一样丰厚。

三

"栀子花纯白如处女，花香却可谓缠绵至死。"看到一名网友这样评价栀子花，我觉得这名网友说不定与我是诗中同道。

我还看到另一个网名叫"紫云小虾米"的，说到他初遇栀子花的体验："老远你就能嗅到甜味，一种暗示靠近会有更浓郁味道的香气。于是你就往前走，直到看到一朵朵白花不起眼地挂在枝丫上。这时候甜味香气扑鼻而来，你用力嗅，鼻孔里塞满了花味可还是不满足。这时候的香气有了厚度，就像几何图案一样的味道，甜味、香气、厚实构架了这种花的味道。于是你就要把鼻子凑到花的面前，让鼻翼接触到花的纹路，像蜜蜂一样顶着花朵用力感觉，这到底是甜味，还是花香，还是花肉的厚度？这时候你也分不清栀子花的味道到底是什么样了，只能总括地说句真好闻。"

这段话让我想起有关香水的三调结构说。对于人类漫长的香氛史来说，香水的三调结构还算是新鲜的事物，虽然人们早就发现了不同香料有不同的挥发速度，但将香水的香弄得像一首诗一样起承转合，还是与香料的提料与合成的现代化有关。

当然那个"紫云小虾米"，他的三段论本质上还只说出了栀子花的浓淡，与香水的复调式的三段不同，我喜欢的是他用的比喻，如像蜜蜂一样顶着花朵用力感受、花香里呈现的那种花肉的厚度等。这样的感觉，也算是闻香队伍里的小天才了。

栀子花香那么浓、那么独特，肯定会成为现代香料和香水行业里重要的香源。香水里光是栀子花香型的就有许多种，有的还是国际大牌。但现代的香料与香水制作，讲究多种元素的组合，同样的栀子花香，与天然的栀子花已不是一回事，大多数栀了花香水已变得淡雅、精致，估计早撤除了栀子花香里原始的野性部分。这也是为了让栀子花登上大雅之堂所必需的吧。如果让汪先生来闻这样的香水，他会不会揪着香水制造师骂骗子呢？

当然我们也可以自己制作栀子花香水，来保持那种原香。方法是我一位闺密告诉我的，她其实也是听人说的，并没有试过。我像她一样，听了并用心记下了，说不定什么时候心血来潮愿意试试呢？做法是：将栀子花浸在水里，浸上二十四小时，然后将浸过的花滤掉，将那水速冻，然后再化开，就是一瓶自制的香水了。说这样的栀子花香水，因为不用酒精，喷身上不刺激也不会过敏。

我问闺密，泡过了就行了，为何要冻一下，化了再用？

她说，为了杀虫吧。你不知道栀子花太香了，会有许多虫子往花身上钻吗？

昙花刹那

美的事物，都有美的故事或传说。大到山川河流，小到虫鸟花卉。这也是与人类相依与共久了，人类所能给予的一种美好的回报。

昙花，作为花中独特的存在，它的故事犹为凄美。

传说昙花原本是花神，原本四季都花开美丽，无忧无虑，品性里说不定还得加上天真烂漫。但有一天爱情降临了，快乐的生活就在那一刻被彻底颠覆。

她爱上了一个每天为她浇水除草的年轻人。这是一种日久生情，也是由感恩而起的情愫。神仙的爱情，要么不爱，爱起来，肯定不同凡响的，肯定热烈执着，死活都要在一起的节奏。

而那个感动她的小伙子是一个凡人，说不定还是一个愣小伙子，因为愣，一根筋，才不会想那么多配不配、可不可以，为了心中的仙子，他肯定也会不顾一切的。

一个神，一个凡人，这样的爱情很美丽。按传说的套路，也是肯定不被允许的。神怎么可以谈恋爱呢？何况跟一个凡人！

美好的爱情故事总要一波三折，唯如此，最后有情人终成眷属，才能体现出美好。所以这时就需要有一个背锅的恶人出现，来拆散这对不合法的鸳鸯。这个背锅的，得很厉害，得王母与玉帝级别的，否则背不起。这时玉帝就出现了，人们安排他将恶人做得彻底：你不是四季开花吗？那我就贬你每年只能花开一瞬间，你不是想见情郎吗？我就将你那个愣头青远远地送走，不对，送走还不能绝他的念，就送他去灵鹫山出家，赐名韦驮，然后让他忘记前尘，忘记他的花神。

多年过去了，韦驮果真忘了花神，潜心习佛，渐有所成。而花神却怎么也忘不了那个曾经照顾她的小伙子。

世上最痛苦的事情莫过于，你心中还有他，但他早将你忘记。

可心中还是有着念想：说不定他什么时候就会想起来呢？于是，她趁每年暮春时分，韦驮下山来为佛祖采集朝露煎茶时，让自己集聚了整整一年的精气在那一瞬间绽放，只希望韦驮能回头看她一眼，能记起她。

千百年过去了，韦驮一年年地下山来采集朝露。昙花一年年地默默绽放。韦驮始终没有记起她。

这个故事肯定不能这样就算了，否则太对不起这朵美丽的花儿了。这时候就该来个转机，转机就是一个好人的出现。这个好人是一个属于聿明氏的人，之所以安排他做好人，是因为聿明氏是夏代的占卜者和巫医的姓氏，能够未卜先知，在神话故事中通常扮演有理想、有信仰，甘受天诛地罚的，勇敢正面的角色。

好人来了，故事便又继续。有一天一名枯瘦的男子从昙花身边走过，看到花神忧郁孤苦，便停下脚步问花神："你为什么哀伤？"花神很惊异，一个凡人如何看见自己的真身的？她不知道她遇见的是一个占卜者。花神犹豫片刻说："你帮不了我。"

过了四十年，那个枯瘦男子又从昙花身边走过，重复问了四十年前的那句话："你为什么哀伤？"花神再次犹豫说："你也许帮不了我。"但明显的，口气里求助的心思已有了松动。

枯瘦的男子笑了笑离开了。

又一个四十年，一个枯瘦的老人再次出现在花神面前，原本就枯瘦，老了看起来更是奄奄一息。他依旧问了和八十年前一样的话："你为什么哀伤？"昙花答道："谢谢你这个凡人，你一生问过我三次，但你毕竟是凡人而且奄奄一息，还怎么帮我？我是因爱而被天罚的花神。"老人笑了笑，说："我是聿明氏，我只是来了断八十年前没有结果的那段缘分。花神我送你一句：缘起缘灭缘终尽，花开花落花归尘。"

说完老人闭目坐下。时间渐渐过去，最后一缕夕光散去前，老人笑道："昙花一现为韦驮，这般情缘何有错，天罚地诛我来受，苍天无眼我来开。"说罢老人一把抓住花神，随即圆寂。

他抓着花神一同去往佛国。花神在佛国见到了韦驮，韦驮也终于想起了前世因缘。

佛祖知道后（佛祖比那个玉帝慈悲多了）准韦驮下凡了断未了的因缘。了法肯定是让他们好好地在一起爱一场。而那个老人因违反了天规，最后真的灵魂漂泊无依，永无轮回。

所以昙花又名韦驮花。

听完这个故事，我觉得编故事的人不太厚道，居然多弄出一个为这段感情献身的老人。也有不明白处，四十年又四十年又四十年，四十这个年份是随口编的还是另有说法？那个好人说为了了八十年前的缘分，他指的是花神与韦驮的缘分吗？这干他什么事？难道这也是命中注定，真要由他来了这段仙缘，然后让他万劫不复吗？这也太狠了。

我是一个不明白就想找答案的人。我没找到四十年的出处，却又一次重温了佛教中对于刹那长度的定义。佛经上介绍，一个人弹一弹手指这个动作，包含了六十刹那，如果你脑子里有什么念头一闪，这一闪念间，等于九十刹那。以此来计算，换成现在的时间单位，一弹指约等于0.8秒，一刹那就约等于13.33毫秒，相当于按照相机快门百分之一的时间。真是十分短暂。

而佛教中的长时间，是按大小劫来算的。具体的分小劫、中劫、大劫、无量劫、尘点劫等，大致是一小劫等于人间时间一千六百八十万年，而二十个小劫是一中劫，四个中劫等于一个大劫。算到这里我的脑子已不够用了，没法再想那时间会有多长。不过，那样的时间显然不能在地球上算，《华严经》上说，各个世界的时间有相对性，如人间五十年为四天王天一昼夜，人间一百年为忉利天一昼夜，人间四百年为兜率天一昼夜，人间八百年为化乐天一昼夜，人间一千六百年为他化自在天一昼夜……而娑婆世界的一劫，于阿弥陀佛的极乐世界才一昼夜。如此这般，我才觉得我们的时间对于佛经圣地世界的时间，太微不足道了。也不担心，那么长，那么长，这些佛生，该如何数日子过。因为时间在不同世界算法不同，我认定，他们的感觉里，生命也只不过像我们的人生差不多长短罢。我想佛祖一定不会允许将那里的时间，用在我们地球上，如同你挣着欧元，却每天在印度消费。这样便宜的事，肯定不许。

写到这里，突然觉得我佛太厉害了，他不仅先知先觉地告诉我们一杯水里有亿万生命存在，还提出了时间的相对论。我都怀疑爱因斯坦提出时空弯曲等广义相对论设想时，是不是也从佛经里得到点启示？

我这个好奇宝宝还想到一个问题，如果真如我猜想的，佛生与我们人生感觉上也差不多长短，生命在哪儿都不是永恒的，那么就有个如何延续的现实。那些佛界众生，如何谈恋爱、结婚、生子？

我还真找到了相关的说法，说在须焰摩天，也就是空居天——距离人间有一千二百八十万里，那里的众生身长二百二十五尺，寿命一万万四千四百万岁，"此天一昼夜，等于人间三百年。男女相爱，只是执手以示爱，而不行淫"。而我们熟悉的弥勒菩萨住在那块教化众生的兜率天，"此天一昼夜，等于人间四百年，男女相爱，只是一笑"。再远一点，在化乐天，距离人间有五千一百二十万里，那里"所有一切五欲乐具，都能随愿变化满足自己受用，男女相爱，只是熟视而已"。还有提到的就是他化自在天，距离人间有一万万零二百四十万里，"此天一昼夜，等于人间一千六百年，男女相爱，只用眼一看便满足"。

天哪，我现在知道，为什么有经验的前人，很诚恳地告诉我们要"只羡鸳鸯不羡仙"了。

如果爱一个人，光光执手诉说怎么够，光光笑一笑怎么够，光光看一眼怎么够。说够的人出来，我不打死你。如果真的相爱，我一定要咬定青山不放松，与他黏乎一辈子，我一定要跟他生个猴子，生一堆猴子。即使不能这样，我一定要与他往死爱一场，哪怕只有昙花一现的时间。

从刹那的短与动辄拿大小劫来衡量的几乎永恒的时间来看，昙花一现也没那么让人难接受了，没那么短得令人绝望、长得令人生厌。因为昙花开放时，最少也得有两三个小时，长的也有开上一夜的。所以，比起刹那，昙花一现长的何止几何级数。几小时甚至一夜，比拥抱长，比邂逅长，比重逢长。看来花神在为她的爱情伤情的时候，也为人间的有情人留下了足够多缠绵的余地。

亲爱的，在昙花凋谢前，我们还来得及互诉衷肠。

桂在月

要说哪个星球上居住的人少，数得过来的少，第一要推小王子居住的星球，那是一颗被命名为 B612 的小行星，上面有活火山、猴面包树和玫瑰花，居民也就小王子一个。后来小王子发现了附近的几颗小行星，分别编号为 325、326、327、328、329、330，他去拜访时，发现那些星球上也都住着一个人，325 上面住着一位国王，326 上住着一位自负的人，327 上住着一位酒鬼，328 属于一个商人所有，也只住着那个商人，329 星球非常小，它的大小只能容下一盏路灯和一位灯夫，330 星球比329 要大上十倍，但也只住着一位撰写很多大部头书的老先生。

除开这七颗星球，居民特别少的就要算月球了，不算玉兔，也就五个仙：太阴星君、月神、月光娘娘、吴刚和嫦娥。但就这么几个，千百年来却让地球上芸芸众生望穿秋水，想方设法只想一窥他们的真容。但人们看来看去，也只依稀看到一棵桂花树，一个砍树的男人，一只臆想中不停捣药的兔子。嫦娥呢？嫦娥在哪里，没看到。

　　这都是故事、想象与传说。但只要现实不较真，流传煞有介事，自然都可以认下。所以，在这篇闲文里，我想认下月球上那棵桂树、那只兔子、看不见的嫦娥，还有那位有着浓郁悲剧色彩的男子吴刚。

　　但在认下前，我得先理一理他们的来龙去脉。我得先从一堆迷雾般的传说里分辨出他们相对清晰的模样和性情。

　　先说家喻户晓的嫦娥奔月。这个传说的正版是，她丈夫后羿因为为民除害，射落了多余的九个太阳，西王母赐给他成仙药。他不舍得独自成仙弃妻而去，将药让嫦娥保管。后羿的一个徒弟名叫逢蒙的，趁后羿不在家，逼迫嫦娥交出灵药，嫦娥为了不让灵药被歹人所夺，成仙祸民，便自吞灵药入腹，之后就飘向了月宫。那天正是八月十五，月亮最大最圆时。

　　有正版就有野版。如抛夫独吞版、后羿赠药版、拯救黎民版、后羿不忠版，只是结局都是嫦娥飞向了月亮，夫妻天各一方。

　　我一直相信，进入神道传说的人，都在人间真实地走过。有关嫦娥这个人物，我因此更信任史籍中的如下记载，说嫦娥住在"广寒宫"是真有出处的，四千多年前，寒国的都城"寒亭"便位于现在的山东省寒亭区。嫦娥本名姮娥，因避汉文帝刘恒的名讳而改称嫦娥，《诗经》称她是"帝喾下妃之女"。姮娥年少时嫁给年老的后羿，后来寒浞杀掉后羿称王，建立寒国，她也改嫁寒浞。寒国的宫殿统称"寒宫"，寒浞即位时才二十一岁，独宠姮娥，为了取悦她，建造了一座规模更宏大的宫殿供她居住。宏大即"广"，这就是"广寒宫"的由来。寒氏又称伯明氏，其部落以月亮为图腾。"奔月"的中国神话传说，其实反映了"寒浞杀掉后羿，姮娥改嫁寒浞"这一史实。只不过，为了让传说"仙"起来，将广寒宫挪到了看着明晃晃却又那么可望而不可即的月球上。

吴刚的传说同样有多个版本。多个版本的相同之处都说吴刚因犯错而被罚在月亮上砍桂树。这惩罚的套路太熟悉了，希腊神话中的西西弗斯因为冒犯众神，被罚在冥界每天推一块巨石上山，到山顶后，石头由于自身的重量又滚下山去，诸神认为这种无效无望的劳动是最为残酷的。我很希望西西弗斯滚石的说法来源于吴刚砍桂，但希腊神话大约诞生于公元前 8 世纪以前，而吴刚的传说是唐代才有的，所以，也不说谁抄谁，是缘自人心的诸般恶念，总会有惊人的雷同吧。

西西弗斯犯错的起因在于宙斯的好色，后来他因不想被死神杀死被动抗争。吴刚又犯了什么事呢？一种说法是，吴刚醉心于仙道而不专心学习，天帝震怒让他居留在月宫，在月宫伐桂树，"如果你砍倒桂树，就可获仙术"。事实证明，天帝明显是在哄骗一个可怜的学道者。其实，吴刚不好好学道自有成不了仙的报应在，干天帝何事？

还有一种说法是，吴刚是西河人，又叫吴权，炎帝的孙子伯陵，趁吴刚离家三年学仙道，和吴刚的妻子私通，还生了三个儿子，吴刚一怒之下杀了伯陵。炎帝是谁啊，那可是太阳神！倒霉的吴刚只能拿着斧子在月宫砍伐不死之桂树。《山海经》上说吴刚的妻子对丈夫的遭遇深感内疚，命她的三个儿子飞上月亮陪伴吴刚，一个变成蟾蜍，一个变成兔，一个不详，不是下落不详的不详，是改名叫不详，他与两个哥哥一起做箭靶、钟、磬，还制定各种乐曲，从此寂寞的广寒宫时常仙乐飘飘。

让几个奸生子陪着无止境受苦的丈夫，我怎么觉得这内疚更像是狠毒的报复？

也有吴刚真犯错的说法。说吴刚是南天门的值守神仙，与月亮里的嫦娥很要好，他经常挂念着与嫦娥相会，犯下了类似于现代的渎职罪。玉帝就罚吴刚到月亮里去砍桂树。但这惩罚，不是让一对有情人能在一起相守了吗？

这是一棵怎样的桂树呢？有关这棵树的描述，众多传说里的口径居然出奇地一致，说它高达五百丈，随砍即合，是不死神树。至于它究竟是月桂还是桂花树，倒出现了一点分歧，好在我们有吴刚这个关键人证，他一口咬定是桂花树，他砍了那么久，会不知道是什么树吗？他每年还要酿桂花酒呢。也有旁的佐证，说月桂原产地中海，很晚才移植到中国，我国古代讲神话，不可能拿一棵外国树来讲，尤其还与玉帝有关。有的传说里提到吴刚砍树，确实会说"月宫里的月桂"，那也只是因为桂树在月宫，简称为月桂不是很有道理吗？

再说玉兔。眼神特好的人望着大月亮时，都会说自己看到了那只玉兔。将那么美好的玉兔说成是奸生子奔月，一般人恐怕难以接受，如此便有了另几种说法，最常见的是与嫦娥奔月配套的，那玉兔是后羿，因为嫦娥奔月后夫妻都太思念对方，最后后羿变成了嫦娥最爱的小动物，在月球定居，长久相伴。这说法漏洞太大：为什么后羿只有放弃了人格，才可以升天？是本文开头说的星球人口限制？月球的指标只有五个神仙？

也有玉兔即嫦娥的说法，嫦娥奔月因为没走正常升仙路，被罚终日捣不死药，人也变成丑陋的"蟾蜍"。我们望月时看到的玉兔即是"蟾蜍"（不，我们看到的还是玉兔，别跟我们说丑陋的"蟾蜍"，有的人就喜欢审丑，连传说也不放过）。还有人考证玉兔何以成嫦娥："玉兔"源于"於菟"，"於菟"是古代楚地称呼"虎"的土语。上古时代，巴楚一带有的民族崇虎。他们不但自称为虎，而且喜欢将山名、地名、水名以"虎"命名，甚至几乎将所有尊崇的神灵都称为虎神，将月神也称为虎神，用其土语说即"於菟"。嫦娥奔月后成为月精，自然也就成了巴楚崇虎民族心目中的"虎神"了。嫦娥自然也就是"於菟"了。而把"菟"解说成"兔"，是晋代有学者注解屈原《天问》时望文生义发生的错误。后人沿用这个错误的解释，便以"兔"代"菟"了。又因"於"同"玉"相近，"於菟"一名也就被后人附会成了"玉兔"。可见，玉兔捣药即嫦娥捣药。

望着月亮，让我从头再理一遍这颗美丽星球上的居民吧。我得把很多说法归为一种说法，归为我认同的说法，我的版本。

那就是：太阴星君、月神、月光娘娘一直在宇宙各地神游，乐不思蜀，常住仙口只有嫦娥、吴刚和小兔子，他们都陷入无边的劳役里，做不死药，砍不死树。时间太长了，他们或许忘记了为什么会移民在月球，反而觉得上天用无边的劳作来处罚他们，他们正好用无边的劳作来对抗月球上无边的清冷和漫长的岁月。

有一年中秋之夜，唐明皇来了一场星际神游，最近的一站就是月球了。他飘到月球去看望他们了，这里的他们当然是月球上的所有常住民——嫦娥、吴刚、玉兔，还有那棵硕大的桂花树。对他们来说，人间的皇帝不再是老乡而是外星人。他们暂停工作，在桂花树下，玉兔奏起迎宾的仙乐，嫦娥跳起霓裳羽衣舞，吴刚捧出醇醴的桂花酒。回来后，作为传说中天上星宿下凡的人间帝王，唐明皇一时感慨，对他心爱的贵妃作了如下一番真情告白：朕看吴刚一脸疲倦，砍树的斧头生满了黑锈，衣袖也因为没有人缝补而破烂不堪了。虽然是神仙，也过得太可怜了。爱妃可一定要长长久久地陪着朕，上天入地都陪着朕啊。

月季

一

　　小时候家住一条长弄堂堂底，每家每户都会在屋前屋后拦一角泥坛子做小花园，种得较多的有鸡冠花、指甲花，还有就是月季。月季花家家都种，印象中四季都开着，红红的。在模糊的童年记忆里，那些花瓣顶着积雪，还很精神地挺立着，而我总担心它们会被压坏，每次会很多余地去将那些积雪小心地摇落。有一次还被花梗上的硬刺弄破了手指，邻居大妈用她的手绢替我裹手时，说我小小年纪心有大善。

　　那时小公园里的石径边也种着各种月季。也是雪后的一个下午，我在小学校里受了什么委屈，跑了出来，无意中跑入了对面的小公园里。积雪很厚，我穿着甲壳虫般笨重的棉袄、棉裤，在公园里跑得跌跌撞撞，碰落了不少月季花上的白雪。

　　多年后，我写了一首诗。

月季花上殷红的残雪

尘世间的每一次回顾，离终点都会近上一分。

"老年的修行就是灵魂的双向奔走？"

此刻，她又一次看到那个被惩罚的女孩，

看到她长时间躲在一个雪人后面，

半上午或是半下午。

她想躲避的难道是贫穷和羞辱，

还有被一个世界嫌弃的悲伤？

远处，低矮屋檐下密集的冰棱，

寒光闪烁，它们也在淌水，

她的心疼也湿漉漉的，

并跟着女孩又滴滴答答跑远了。

此刻，她又一次看到那个小小的

裹着粗实棉袄的笨重身影，

在时间深处跑得歪斜和踉跄，

看到她跑向一个残败的花园，

碰落几枝月季花上殷红的残雪。

我很少回忆，因为我总觉得流水一样的人生乏善可陈，而那些让我痛的，我选择性地忘了或不愿提起。但在我偶尔的梦里，还是会出现一些旧日的场景，如会看到那个小女孩伤心地跑到那个公园里，或者我在清理那些花瓣上的积雪。前者也许是一种深刻记忆，而后者也许是被夸过的缘故。

但每次在路边道旁看到月季，我总会停一下脚步，仿佛那些月季与我有着某种精神上的羁绊。

二

小时候看电影，看到有一种用于联络的暗号，居然是摆在窗台上的盆花。我曾与小伙伴争论，我坚持认为，那花一定是月季。

我有自认为充分的理由，那花好养，是老百姓的寻常家花；那花醒目，一年四季都开，都可以用来作暗号，不用换来换去，让接头的人弄糊涂了；月季各种花色都有，还可以让各种颜色代表不同的约定，岂不是最好的暗语。

还有一个理由是，月季花不大不小的，特别适合摆在窗台上。那时候人们大多住平房，有点身份的，也只住个二楼三楼的，窗台上摆花，显眼，还没有掉下来砸死人的危险。

如果我们的同志看到窗台上一盆月季迎着微风笑着，他们就知道一切平安或者家里安全，不用打枪，可以悄悄地上来。

小伙伴似乎被我说服了，最后我们一致认定，月季花，就是一种英雄花。

同时认定的是，没有现代通信的年代，地下工作者真不容易。若是接头暗号临时出点状况，那可是性命攸关的大事。我现在明白那时看样板戏，每次有暗中接头这样的戏出来时，我内心为何就紧张，看了无数次，知道结尾，还是会紧张。我太爱那些英雄了，生怕万一出错，英雄就要遭难。同学们也都觉得做个地下工作者太伟大了，他们喜欢将自己代入，在课间一遍遍地拿那些暗号对台词。

或者："天王盖地虎，宝塔镇河妖。"

或者："脸红什么？""精神焕发。""怎么又黄了？""防冷涂的蜡。"

或者："我是卖木梳的。有桃木的吗？""有！要现成的。""同志，我可找到你了！"

或者："长江长江，我是黄河！""地瓜地瓜，我是土豆！"

摆个花这样的联络办法，自然也会被人山寨到日常生活中，只是用途令人啼笑皆非。我家邻居一女的，暗里有一相好，她男人是长途车司机，她家的月季花就被用来联络地下情了。她将月季摆在窗台，告诉那位，丈夫不在，夜里可以大胆前来。结果有一次她的丈夫太勤快了，觉得月季应该放窗台上见见太阳。结局自然是夜里东窗事发，不好收场。

也有小朋友模仿，在窗台上放一盆月季，表示大人不在家，可以上家里翻天。有一次我们一群小孩真的应他力邀去了他家。那是真的翻天，同学将家里的黄豆子翻出来，捅开煤炉子，香香地炒了招待大家，他还寻到了妈妈藏的香糕、红枣桂圆等，全都让同学们分而食之。大伙儿为他的慷慨感动得不得了。最

后，快乐大家分享了，痛苦自然他一个人受了，听说他被他爹
揍得很凶。

三

有关月季，古代不少诗人留下了诗句，如苏轼的《月季》：

花落花开无间断，春来春去不相关。
牡丹最贵惟春晚，芍药虽繁只夏初。
唯有此花开不厌，一年长占四时春。

月季属中国名花，原产地也在中国。而与月季花相似的玫
瑰，在现代，已是西方传统只开一季的玫瑰与中国月季杂交后
的产物，是一种超级混血儿。所以，情人节时去花店买的玫瑰
花，其实就是月季，或月季与玫瑰的后代，即现代玫瑰或现代
月季。一些西方经典诗篇和情歌里对于玫瑰的歌唱，使得玫瑰
已成为唯一合当下时宜的爱情花，即使你真的送了有情人一捧
月季，也要说送的是玫瑰。虽然月季才是本土的，才更中国，
而它的花语也是爱情。

还有一种与月李相似的花是蔷薇花，其实月季与传统的玫
瑰和蔷薇还是好区别的，闻香，看叶片，辨枝条，看花朵，都
是可以加以区分的。而且花开季节不同，最主要的，月季又叫

月月红，就像苏轼说的："唯有此花开不厌，一年长占四时春。"

是花总有代表的花语，而月季花以红色最多，娇艳不失纯洁，月季除了代表纯洁的爱情外，也代表热恋、女子的贞洁与勇气。后者还有一个美丽传说，说是天庭里有个月季仙子，美丽清高，却特立独行，不愿对王母阿谀奉承，就提着月季花下凡来散心。到了一个叫莱州的美丽地方，她遇到了一个英俊的男子，两人情投意合。故事的结尾还是很戏剧的，王母因为她私自出走而将其贬下凡，正好将两个你侬我侬的有情人凑成了一对。两人结为夫妻后，也专以养护月季花为生。

中国人老早就知道月季花全株可入药。月季花更是一种好的食材，如用月季花煮粥，可以益气补血，还能调经。月季花与大枣一起煮汤，也能缓解痛经。还可以加入面粉、牛奶、鸡蛋等调成糊状，在油里炸酥，不仅美味还能活血。总之，好看又经济实用，适合居家过日子，千百年来，月季一直与中国人的日常生活同在。

四

我曾有过一位热爱月季的邻居大哥。

记得那一年我从一场狼狈的生活中逃离，避居于一个旧居民区的三层老楼房里。第一次去，正好是阴天的午后，楼道里特别黑，因为不知道楼道里灯的开关在哪儿，暗中视力不好的我，扶着梯壁，吃力地提着行李箱，几乎摸着上楼。快到我的房门前还是被什么绊了一下，开灯一看，原来是一盆花。那是一盆月季，红红的花开得正盛，明显是被精心侍弄的。再细看周围，天哪，可不光光这一盆，是有一长溜呢，都贴墙乖乖站着。

都是月季花。虽然都是红的，红得有点单一，但一长溜的，倒也开出一种气势。

听到声响，廊底一户人家的门开了，走出一位清爽高大的男子，他口里叫着"小心小心"，小跑着上来，替我拿行李。说你就是新来的住户吧。我点点头，找着自己的门，开锁进去。

他站在门口，冲我说，前面的住户说你要来，让我帮着一起打扫干净了。以后我们就是邻居了，有什么事你告诉我。我姓王，你叫我王师傅好了。

倒是遇着一位热心的邻里，我心里莫名地对他有一种信任感。

门一关上，对着空空如也的屋子，想着刚会喊妈的孩子，觉得心空得要死，眼泪唰地流下来。但很快，我就觉得我得撑下去，我得振作。我盘算着如何安置我的生活，该添置些什么家具，厨房里又应该买些什么。我细细写下一张清单，准备去市场一一落实。

写完最后一笔，门被敲响，还是王师傅，他脚下放着两盆月季，说这是他养的，好看，让我摆窗台上，搬家了，弄点红的喜庆喜庆。

他的好心我无从拒绝，便爽快地接了过来。

就这样，我开始了与他像亲人一样的四年邻里时光。

他带着孩子独过，似乎已退休在家。也听楼下的邻里说起他的前妻，一个漂亮的女子，说他如何对妻子好，各种好，但妻子最终还是弃他而去。我做他的邻居时，他儿子已快高中毕业，一个帅小伙，冲我很甜地喊阿姨。

那时候我的生活是忙乱的，经常顾不得烧饭，在外面胡乱对付，王大哥知道了，总是让我在他家吃，或者替我留一份，见我回来便端过来。窗台上的月季，也几天换一盆新的，因为他知道我侍弄不好，时间久了会养死的。

我知道他生活并不宽裕，每天抽劣质烟、喝劣质酒。却烧得一手好菜，将儿子照顾得非常好，一点都没有委屈他。后来又带上了我。我蹭吃多了，要给他钱，但他坚决不收。

时间久了，楼下邻里也有闲话，说他对我这么好是不是有什么想法。他知道了就生气，说我一退休老哥，你们咋能这么想？

他终究是个温和的人，又耐心解释：一个姑娘家，一个人，没人照顾，我也没事，顺便顾着点。我认她做小妹呢。

后来房子拆了，我也搬到了新居。我搬新居时，他又执意送了我好几盆月季。再后来他打电话给我说他住进养老院了，我问清了地方，曾几次顺路去看他。后来再去时屋里没人，说是脑溢血送医院了。那次在医院里看见他，他望着我，认出我，却说不出话。再后来就是他去世的消息。他去世时也才七十不到。我是隔了很久才知道的。那天，我盯着那几个曾开满月季花的空花盆，看了很久。

以后的日子里，再也不会有人对我这么好，无缘无故的好。想起他，我就会想起他养的那些长年花开不败的月季。

油菜花、蜜蜂与维度

一

先说维度。

"文明的最高差距，就是维度的差距。"比如，我们在三维空间，想象四维时空，最多只能感觉时间的截面。令人恐惧的是，三维世界对于四维世界来说就像一个玩具，四维生物默默观察我们，而我们一无所知。就像处身于二维平面的一只蚂蚁，永远无法理解人类一样。

早上看手机，跳出一个"宇宙天文馆"视频，说的就是这个意思。

视频里还说的一个意思是，每差一个维度，那隔的就是一个天文的距离，无法交流沟通，而且高维度绝对是俯视式的，可以轻易扭曲低维度世界里的一切。

从这里我想大胆地拿维度这个概念来说事，虽然用此说事肯定不太合理。比如作为地球主宰的人类，对于其他生物，就相当于高维度的存在。如果蚂蚁的世界是二维的，那么植物肯定是一维的，甚至零维，因为它们不动，就在一个点上。所以，高维度的人类可以乱伐乱砍，可以随意杀戮。"我任性所以我高兴！"

但事实往往是"我任性所以我悲剧"。因为有太多反过来的情况。人类的基因与世上所有物种的基因重合度都非常高，都是亲戚，科学家早就证明，地球物种的丰富性，也是人类生存的一个必要条件。所以，人类必须对万物慈悲。这不仅是宗教概念，还应成为当下人们普遍的价值观。

如果撇开异类，人与人之间，维度落差也明显存在。我认识的一位领导，人很爽快，而他骨子里却附着一种优越感。举个小例子，有老宅门卫房靠西，酷暑时西晒日头很毒，晚上都无法散去暑气。门卫年纪大了，吃不消，要求自己出钱装个空调，电用单位的。请示该领导，他想也没想，脱口而出："门卫装什么空调？"

门卫是人，总会热的好不？这样的认识，还能平等说话吗？

其实我借维度更想说的是，所有人本来应该同处于一个维度，却因为环境不同、教育不同，最终被分散在不同的维度里。比如，有的人，生活里被这样那样伤害过了，于是小心地藏匿自己，面对他人，穿着一套厚厚的防护服，让"他人即地狱"在现实中也不仅是个哲学概念。而像上面提到的那位领导一样的人，自认为他们处于人类食物链的顶端，有的即使没有达到这样的高度，但自我感觉也总高人一等，他们居住在自认的高维度里，也下不来。

人心隔肚皮，在这里可以说成是人心隔维度。揣度人心，因此成为世界上最深奥的学问。通过对方的言语、行为、履历，慢慢去接近一颗真实的心。这样的维度破壁，也成为世上的难事。

还有一种人，处于一个特殊的维度里。我们看他们不正常，他们也看我们不正常。我们将他们的日常行为当笑话来看，他们却沉浸于自己的世界，不理会我们。我们用各种治疗和药物干扰他们，想将他们拉回到我们所谓的正常生活范畴里，而他们却总会让我们大多数的努力付之一空。如此看来，他们似乎比我们生活得更自在、更自由？

我们总是站在高处看着他们这些精神世界出问题的人，同情他们、可怜他们甚至对他们发怒。但他们在那个"患病"的状态下，一定有着他们不为正常人所知的快乐。"油菜花开了，你怎么还不去外面乱跑啊？"这是好朋友之间爱开的玩笑。油菜花开的时候，气温、湿度，还有花粉，对于精神疾病患者，都是致病的"过敏原"，他们会骚动、发怒、狂躁、吵闹，"菜花黄，痴子忙"，这谚语说的就是这个意思。油菜花开的时候，那些人待在他们的维度里，手舞足蹈，他们一定觉得他们才是这个世界的主人。

二

油菜花是一种奇妙的植物。它纯粹的鲜黄，是大自然诗意的贡献。大片大片的鲜黄聚在一起，让人置身于梦幻之中。

所以，在春天，我们说的最多的就是："周末，我们相约去看油菜花吧。"仿佛不与那些油菜花合影留念，这个春天就会空白、荒芜。

现实中有很多这样的逐梦者，他们一直追着油菜花的花季走，从三月的江南走到七月的西北高原，去与那些鲜黄合影，为那些鲜黄陶醉，让自己成为一名合格的彻头彻尾的"花痴"。

如果稍微了解一下油菜花进入寻常百姓生活的迁移史，便会发现，人们追逐的寻花之路，与油菜花从西域迁徙而来的路径正好相反。

油菜花在古代称为"芸薹"，最早种植芸薹是为了吃叶子的，后来人们发现芸薹的种子能通过压榨出油，于是将芸薹培育为两个品种，一种是用来榨油用的油用芸薹，另一种是用来食用的"菘"。能榨油的油用芸薹，就被称为"油菜"。

这些都是植物学家经过严格的考证得出的结论。他们还告诉我们，油菜尽管在国人的餐桌上出现了数千年，但都不是我国原产的，它们的原产地在地中海沿岸到中东地区，是从西亚一带传入中国的。油菜在我国最早种植的地方，是当时的"胡、羌、陇、氐"等地，即现在的青海、甘肃、新疆、内蒙古一带，其后逐步在黄河流域发展，再传播到长江流域一带。

所以，如果你在七月份去青海湖、祁连山和新疆北部追逐油菜花，探访夏日的春色，把这当成猎奇和情怀，事实是，你到达的，是油菜在中国的最初落脚地。

这条油菜花的传播之路还与一条著名的路径有关，那就是青铜之路，它与汉代张骞打通的往来西域的丝绸之路渊源颇深，往来方向与所经地方有相似之处。但青铜之路比丝绸之路要更早。与油菜籽同时期漂洋过海的，是当时西亚地区的青铜技术、西方驯养的马匹和羊等动物及其畜牧文化。而油菜或许是古人有意识将其引入种植，也或许是这些植物的种子恰巧落入了一个行囊，跟随着往来商贩的脚步，进入东亚地区。

油菜花的奇妙与诗意，还是属于平民的，因为它实用，炒菜、榨油、观赏、药用，一样不落下。还特别容易种好，让你一分耕耘就有一分收获。有时候并不需要成片的土地，屋前屋后有零星的泥土，都可以种上几棵。

我小时候，江南水乡河网四通八达，大小水流纵横，我们家房前房后都有池塘河流，还有一些很小块的地，像生活里的边角料一样，零星地散落在房前屋后。居民们只要愿意，就可以先下手为强，去开垦出来种点什么吃吃。做工的自然没时间，老人就闲不住了，我奶奶就开了一溜五六米长一米来宽的地，用来种点小蔬菜。邻居一老头无事干，他先搬来的，占的地方就大了，有好几垄，他种的就是油菜花。

老头大概早忘了他现在已是城里人，每日醉心于他的地，粪浇得足足的，熏得邻居颇有微词。但他也会来事，经常弄些新鲜的油菜叶子分给邻居，让大家加个菜。只是好景不长，很快因城市发展需要，沧海变桑田，桑田变大马路、小马路，奶奶们、爷爷们失了最后的地，终于变成了真正的城市居民。

三

还有一种小昆虫也跟着油菜花花季走，还有一种人也跟着油菜花花季走。那就是蜜蜂与养蜂人。

蜜蜂跟着油菜花走，是因为喜爱油菜花粉。养蜂人跟着油菜花走，是因为油菜花蜜品质好，而油菜花花开浓烈、花源丰沛、花线很长。

专家自然也有油菜花蜜好在哪里的说法，说它柔润适口、甜而不腻、无副作用，是"人类健康之友"，富含人体所需的多种维生素、有机酸，且不含脂肪，还具有营养心肌、保护肝脏、润肠胃、降血压、防止血管硬化的功效，所以油菜花蜜对老年人与幼儿的身体尤其好。

说到蜜蜂，我就会想起专职产卵、肩负着繁衍后代重任的蜂王。想想也不容易，蜂王每天产卵差不多是自身体重的两倍。

让我感叹的还有雄蜂，它一生的意义就是与蜂王交配，而这交配权还是它千辛万苦争斗得来的。当那个个头最大、体格最健壮的最后胜利者，获得与蜂王交配的权利时，不知它知不知道，在交配结束后，它便会因生殖器官被全部拉了下来而立刻死亡？

令我感慨的还有分工最多、任务最重的工蜂。工蜂一出生就开始工作，分工是按照日龄的增长而改变的。一般十八天后就要加入采蜜的队伍。工蜂要酿造一千克蜂蜜，需要采集十千克花蜜，来来回回总共要飞行三十二万千米，这个路程大约相当于绕地球八圈。

我实在要感叹造物主的奇思妙想，居然将蜜蜂的蜂生设计得这么缺德加冒烟。

养蜂人也辛苦，他们的别称是"流浪者"。天天在外奔波，还风餐露宿的，这甜蜜的事业，着实磨人。

七月派老诗人孙钿在被打成右派后，没有工作，有一阵子就当起了养蜂人，天南地北地跑。他自然是跟着油菜花跑的，带着他的一家老小，有两个孩子还是在养蜂途中出生的。那是一段他不想回首的苦难日子。想一想，一个手不能提、肩不能扛的书生，被丢进艰苦的劳役里，还是一个全然陌生的养蜂行当。挣不到钱，日子就断了生机，会过成啥样显而易见。有时候一家老小实在没吃的了，他大人还偷偷去卖过几次血。后来他被平反，回到宁波，总会回避说起"养蜂"这段经历，无奈提起时，眼里就有泪痕，他说他是愧疚，愧对患难与共的夫人和吃苦长大耽误了教育的孩子。

也有不同的,慈溪有一个老诗人,年轻时意气风发,心里装着诗意,觉得养蜂能够自由自在地到处走,与花共舞。他是真喜欢养蜂这个行当,做了很长时间的养蜂人,直到退休为止。他也是跟着油菜花放蜂,还为油菜花写过很多诗篇。他老了还不忘养蜂的事业,只是由专业转为业余,更多的是指导当地的蜂农,当"甜蜜的事业"的专家。偶尔来看我,还会带几瓶土蜂蜜。这些蜂蜜自然是那些蜂农上交的"指导费"。

四

有人说人类在梦中,有时候会进入一个不可思议的时空,仿佛是四维空间或五维空间。梦里的我们也许会看到写字台贴在墙上,书架排向屋顶,而我们站在外围,无法进入。如果有宇宙科学家告诉你,这就是四维时空一景,你在梦里进入其中,你一定会大吃一惊。如果反过来,有人在梦里进入植物世界、蚂蚁世界,是否意味着我们也能于梦里进入低维世界?

梦是个好东西,只是一鳞半爪,不由人主宰。我愿意相信我们在梦里真的去了不同维度的空间,也说不定什么时候会梦想成真。但梦醒了,我们还得回到我们三维的现实,老老实实地做回我们的三维人。

回到本文开头的议题,我觉得,现实生活中的种种矛盾,几乎都源于沟通渠道的狭窄。只要我们愿意，即使与那些精神有异常的人，我们也应该可以交流。他们的思维模式，他们的所思所想，他们的所作所为，也是有迹可循、可以理喻的，只要我们耐心地寻找到那条理解的脉络，所有的不可理喻便立马可解。所以我认定，我们心生隔膜，只是因为我们坚持各自站立在自己不同的维度。

这就需要生活中更多一些智慧、豁达、慈悲的人，我称之为真正高维度的人，他们穿行于人间，就是这个世界的针线，随时可以缝补起那些人与人、人与事、人与物之间的裂缝。

但仅有这些人还不够，还需要我们更多的人，能心平气和地将自己与他人、他事、他物放在一起，形成一种真正的共依共存、和平相处的关系，心平气和地统一到一个维度里头，就像蜜蜂、油菜花和养蜂人，他们各不相同却处在同一个美丽、甜蜜的维度里。

那也是一个十分美好的三维国度。不是吗？

以彼岸花为引

一

　　彼岸花属石蒜科，正宗的中文名字一般叫曼珠沙华和曼陀罗华，曼珠沙华又名红花石蒜，是石蒜的一种，为红色彼岸花。曼陀罗华又名白花石蒜，是红花石蒜的一个变种，为白色彼岸花。

　　彼岸花是佛经中描绘的天界之花。它的名称也缘自《法华经》里的音译，里面有这样的记叙："佛说此经已，结跏趺坐，入于无量义处三昧，身心不动，是时天雨曼陀罗华、摩诃曼陀罗华、曼珠沙华、摩诃曼珠沙华。而散佛上及诸大众，普佛世界，六种震动。""摩诃"的意思是大，所以在我的理解里，这四种天花，其实都是彼岸花，只是大小颜色有别而已。

　　写到这里，我的思绪被"结跏趺坐"这个词组带跑了。我翻找资料，想印证结跏趺坐是不是我想的那样一种坐法，就是我在寺里看到的诸多佛像，及我认识的几位方丈、住持的坐法，互交二足，将右脚盘放于左腿上，左脚盘放于右腿上。记得有一次我还现场学过，只能勉强交叠，要做到脚心向上，就太为难这把老骨头了。

这种坐法，据说最先是由唐代高僧神秀大师那里流传出来的便于修行的一个方便法门。这样坐的益处多多：不易疲劳，不易昏睡，形态威严，最大的好处是"摄此手足，心亦不散"。而且不讲究，哪里都能坐着悟道，床上、地上、座上。当年如来在菩提树下悟成正觉时，就是坐在地上。可谓随遇而坐、随心而坐。

但这种坐法只是一个修行法门，坐姿有了，修行的关键点还在于要依心而领悟。有一个"磨砖成镜"故事，就是说的马祖大师端坐修行而被呵斥一事。

南岳般若寺的怀让禅师看到马祖天天关起门来用功，不知道他修行方式是否正确，因为马祖在他眼里是一个学俱慧根的"法器"。他去敲马祖的门时，里面并无回答，他加大力量，把门拍得山响，马祖受不了吵闹，就把门打开了。

怀让禅师问道："大师天天枯坐在这里，如果不修止观功夫，怎么能够成佛呢？"

马祖未理解怀让禅师的话，反而觉得厌烦，就又关起门来坐禅。怀让禅师就想了一个办法，他拿起砖头来，在马祖草庵前用力磨起来，一连磨了很多天，声音非常刺耳。马祖静不下心来，开了庵门，循声找去，看见是那天敲门的和尚在磨砖，就不高兴地问道："禅师，你磨砖究竟是要干什么？"

怀让禅师哈哈一笑，说："我磨砖是想做一面镜子。"

马祖奇怪地问："磨砖哪能做成镜子呢？"

怀让禅师说："是呀，磨砖不能成镜，那么一味枯坐就能成佛吗？"

马祖一听，豁然开悟。后来他投在怀让禅师的门下，终于成了禅宗的一代宗师。

偶尔在网上翻到一张六祖大师的像，他站着，很自由、很放松，像极了与人闲聊的邻家大爷。所以，修行坐姿要紧，但修心是第一要义，依心而修，以什么姿态去修，又显得一点也不重要了。

二

继续说彼岸花。

唐代僧人般若翻译的《大乘本生心地观经》有语："六欲诸天来供养，天华乱坠遍虚空。""华"在古汉语中即是"花"之意，这也是成语"天花乱坠"的由来。意思是普佛诸众，听了佛陀说经，他们因为参悟而功德圆满，脑海中出现天花从天而降的场景。这说法里有一个隐喻，即曼陀罗华和曼珠沙华盛开在阴历七月，长于夏日，却在秋天结花，花后发叶，花叶不相见，犹如此岸到彼岸，暗喻修佛就成正果了。而睹此花，也可让见之者断离其恶业。

说彼岸花花开不见叶，出叶不见花，花叶两不相见，生生相错。这其实只是石蒜类的特性，是天性使然。但在佛经里被尊为天界之花，象征能从此岸修到彼岸的彼岸花，流落于人间，凡人又如何能知晓其中的深义，他们大多不能容忍花与叶有这样的隔绝或分裂，因为这违背了人间团聚和圆满的终极理想，所以，人们就赋予了彼岸花永远无法相会的悲恋之意，还始终有一种想方设法让花叶互映"美好"的冲动。只是现实太理性，强求终究没有结果。这种花就在人间被悲剧化了，天界高大上之花，在凡间有了种种悲戚的引申义：死去的亲人的灵魂、阴阳两隔等。所以除了有彼岸花这个别名，它还被叫作幽灵花、黄泉花。

还少不了各种传说，来印证这种花的不幸或不祥。

先说一对妖精的爱情。

自然是很久以前，有两个妖精，一个是花妖叫曼珠，一个是叶妖叫沙华。他们奉命守候彼岸花，一个守花、一个守叶。时间久了，他们没有日久生情，却好奇生情：对方长什么样呢？是什么性情？会不会是我特别喜欢的妖精款呢？越想越想见对方，疯狂想见的那种，真是好奇心害死猫。有一天终于忍不住了，就见了。见了就对上眼了，对上眼了就想在一起了。

这可是违背神的庄严规定的。惩罚是两只妖精双双被打入轮回，生生世世在人间受难。而他们守护过的花，也成为只开在黄泉路上的彼岸花。曼珠和沙华每一次轮回转世时，在黄泉路上闻到彼岸花的香味，就能想起前世的自己，那一刻就痛不欲生啊，各种发誓不再分开，继续妖生、继续爱情。可是天命是那么容易违背的吗？他们只能被不可抗力再一次扯入该死的轮回……

我能对这传说吐槽几句吗？妖精做不成了，罚他们做人，难道妖精比人高一等吗？还有，都说万物为上苍所造，既然造出了这么精分的植株，不能再让相爱得只想做连体婴儿的恋人也被精分吧。真是造物不善，妖精遭殃啊。

还有一个传说更民间。说有两个人名字分别叫作彼和岸，上天规定他们两个永不能相见，至于为什么他们不能见，没说原因。上天就是这么霸道，说什么原因，不能见就是不能见！但他们实在倾慕对方啊，倾慕得一塌糊涂，于是就偷着见了。之后的结局与那对妖精大致差不多，所不同的是，天庭的惩罚是让他们变成一株花的花朵和叶子，这花奇特非常，有花不见叶，叶生不见花，生生世世，花叶两相错。

谁都知道，这花就是彼岸花。

还有很多传说故事，说的也基本是这个意思。这样的故事听多了，一点营养也没有，只会让内心沮丧得厉害。尤其是成长期的人，会不会误以为，那些要死要活在一起却不能在一起的，才叫爱情，才叫美好。而那些洞房了、花烛了、儿孙满堂的，就乏善可陈了。但若儿孙满堂的已不叫爱情，那叫什么呢？叫什么呢？叫什么呢？

若前者是彼岸花艳丽凄美的花事，那后者是不是就是彼岸花葳蕤的叶子呢？

那一方深爱另一方却忘记了对方的恋情，又是什么呢？

三

作为一种真实存在的花朵，彼岸花为凡人的情感悲剧承载得太多了。怎么样不如意、怎么样悲惨都往彼岸花身上按。虽然理性的时候，人们也会认可这样的说法，两性关系，最好的状态是随缘。就像佛家结跏趺坐，随遇而坐，随心而坐，依心而为，最忌的就是强求与执着。彼岸花花与叶不见是自然，硬要让它们相见，就是强求与执着。

佛家也总是这样劝诫那些犯执得要死要活的人。

"但我等不是佛，我做不到啊。"如此这般的凡夫俗子，多了去了。如果爱一个人却不能在一起，谁的心里不难过呢？

在我的认定里，彼岸花于俗世之义，有三个关键词：一是同根同株，花是它，叶也是它；二是彼此存在，花是真花，叶也是真叶；三是永不相见，花开不见叶，叶长不见花。

这三个关键词细细想来会让我有一种错乱之感。如果我是一株彼岸花，既然同株同根，那么花是我，叶自然也是我，这个我与那个我，只是呈现的方式不同，为什么结果却是完全不同的两个我？或者花与叶本质上是同一个，就像一个镜面的两侧，我在这侧你在那侧，你照见的是我的花，我照见的是你的叶，但因为不能真实相见，你与我彼此就成了虚妄得不能再虚妄的现实；或者有两个我，两个我互为交叉，又互为正反，就像一个是正的，一个是邪的。一个是另一个的反面。

这三个关键词包含了三层意思，第一层让我想起眼下的热门话题平行宇宙之说。

这个科学的假定，让我认定，在一个遥远的地方，有一个与我一模一样的人，像我的副本一样存在。甚至不止一个，每一个都自认为是我。深入地想象下去，在无穷多个平行宇宙中都将会有一个一模一样的我，每一个都在做我做过的和我没有做过的事，但我对另一个我一无所知。这绝对让人细思极恐，似乎比彼岸花花思念叶不得见更甚。

第二层花与叶是镜面的两侧，我生出另一个我，多想了也不太妙。就像我隐秘的内心深处存在着一角狭小的天地，在那里，我盛放着最圣洁的两性情感。似乎天底下真的有一个最好的爱人，他是完美的、善解人意的、温柔体贴的、才高八斗的、智慧善良的。他集所有美好的词于一身。有时候在梦中还能依稀看到他的模样。他是谁？在哪儿？在现实中他是无法描摹的，但是彼岸花告诉我，他就是我的花或者叶，诞生于我内心的执着。他本来就是我，与我构成具有同一个灵魂的彼岸花的花与叶。

第三个关键词也许更烧脑子。恰似人心复杂，善恶多念集聚一体，许多我厌弃的东西，许多类似原生的恶念，也都是我，只是我的理智与善恶观将它们尽可能地关在笼子里。如果叶是生机、是希望，那花就是种种欲念，我得让自己叶着，不开花。如果花是热烈的、美的，而叶是阴暗的存在，那我就一直花着。要么是叶，要么是花，这时，非叶即花，就成为规范自己人生的一种道德状态。

写到这里，突然听到隔壁儿子的电脑里传来蒋山唱的歌《怎么办》：怎么办，日月山上夜菩萨默默端庄，怎么办，你把我的轮回摆的不是地方。怎么办，知道你在牧羊，不知道你在哪座山上，怎么办，知道你在世上，不知道你在哪条路上。怎么办，三江源头好日子白白流淌，怎么办，你与我何时重逢在人世上……

心里突然就五味杂陈了。在什么时候，在什么地方，我似乎也是那么一朵彼岸花，也有与我对应的花或叶子，却不得相见，永远分隔。我突然就伤感得要命。我知道这歌词是一个叫张子选的诗人写的。怎么办，此时此刻，我很想将这个让我难过的诗人和歌者同时拖过来打上一顿……

菖蒲、端午与复仇之剑

一

新新人类喜欢过节，古今中外什么节都一并拿来，老节过，新节也过，过得不过瘾了，创造个节再过，只为多图一点热闹开心，或者有各种送礼或收礼的理由。比如，恋爱男女，西方的情人节，必定要隆重地过一过，若没有玫瑰花和红包，含情量似乎就得仔细斟酌斟酌了。但一个情人节是不够的，于是传统的七夕节也被列入中国式的情人节，也得有玫瑰和红包。还不够怎么办？真爱没有止境，送礼没有限度，于是又有了类似"520"（我爱你）等特殊日子。只是那些老节，因是农历计算的缘故，也因没能像那些新创造的节日是因需而风行的，就需要提醒，比如立夏，比如重阳，比如端午。

每年我是到了菜场，看到有人专门摆摊卖菖蒲，才想起来，哦，端午要到了。

在所有民间节日里，端午很特殊，一整套丰富、独特而又神秘的节日习俗，让它成为中国首个入选世界非物质文化遗产的节日。各地五花八门的过节方式，各种传说，几乎让我有一个错觉，端午就是一个巨大的篮子，只要你愿意，什么东西都可以往里面装，怎么装都合适。

而菖蒲，就像是这个篮子的提手。

这个比喻尤其适于南方的端午，如果你是南方人，如果你在南方过端午节，若你没在门楣上挂上一束菖蒲，你就不能说你的端午过得正经又正宗，你也似乎有点对不起国家特定给你的那一天神圣的假日。

菖蒲就是这么神。菖蒲在民间一直被视作神草，《本草·菖蒲》载曰："典术云：尧时天降精于庭为韭，感百阴之气为菖蒲，故曰：尧韭。"先民们还将该草人格化了，说它"先百草于寒冬刚尽时觉醒，不假日色，不资寸土，耐苦寒，安淡泊，生野外则生机盎然，富有而滋润，着厅堂则亭亭玉立，飘逸而俊秀"。还给它安了一个生日，这是在所有人间的花草里独有的殊荣。它的生日是每年的四月十四。到了那天，种植菖蒲的人就会像模像样地给菖蒲过生日，他们会为菖蒲"修剪根叶，积海水以滋养之"。意思就是让菖蒲在生日那天像人庆生一样，理个发、泡个澡，吃点好吃又有营养的，认为这样，有神性的菖蒲就高兴了，一高兴，则"青翠易生，尤堪清目"。

被像神一样尊崇的菖蒲，自然对人类的生活多有关照，它青翠青绿的，怎么看怎么好看，一直是中国观赏植物和盆景植物中重要的、不可缺少的一种。好看还不够，还有特殊的香味。好看好香还不够，它还特别有用，比如驱虫、做香料，比如入药、泡酒，比如辟邪。说菖蒲辟邪，那是因为菖蒲的叶子形状似剑，民间方士称之为"水剑"，说它可"斩千邪"。反正菖蒲是千般的好。还有一个重要的好，是好养，因为好养也"长寿"，作为水生植物，菖蒲只要一点水，只要水不枯，它就会一直绿给你看，数十年数十年地绿给你看。

二

因为菖蒲的样子像剑，这个外形自然也成为它能驱邪避害的有力佐证。传说八仙里的吕纯阳，就是拿菖蒲做宝剑的。有一次他路过钱塘江，看到一只成精的癞头鼋兴风作浪为害沿海百姓，他就拿着蒲剑与它打斗了几天几夜，终于打败了它，并与它约定，只要端午那天门上挂了菖蒲的人家，就不许它拿潮水淹没。随后，吕仙人作法，将他用来做宝剑的菖蒲，撒到了沿海居民的房前，那些菖蒲在端午那天都变成了一把把闪亮的宝剑，人们觉得这些宝剑可以保护他们，就都挂在了门上，癞头鼋乘着浪头来了，看到所有的人家都挂着菖蒲，作为一只守约的妖精，它只好退走了。这个传说的结尾句就是：从此，钱塘江两岸的老百姓，每年端午节都要在门上挂菖蒲，海岸线也基本上一直保持在今天的位置。

作为宁波人，我自然还想转述一则独属于宁波的、端午节家门口挂菖蒲的民间传说。

说很久以前，宁波一个穷秀才的妻子，名叫青英，口才很好，还会吟诗。有一年端午前一天，青英思量着如何让端午节过得热闹一些，可家里一贫如洗，怎么办呢？突然，她看见房屋边她阿公栽种的药草菖蒲，在烈日下尤是碧绿青翠，于是就挖了几棵菖蒲挂在大门上，为家增点生机和喜气。又触景生情，用红纸写了一首诗，贴在大门旁边：

自嫌薄命嫁穷夫，明日端阳祭礼无。

莫叫良辰错过去，聊将清水洗菖蒲。

傍晚，秀才转回家，看到大门旁妻子写的诗，既羞赧又惭愧，觉得自己无颜见妻子，就转身离开了。走了一会儿，抬头看见一头老黄牛在田埂上吃草，周围一个人影都没有。他想，何不把牛牵去卖掉，弄一些钱回家，让妻子高兴高兴？

这个傻秀才自然像所有的秀才一样，造反不成，偷牛也是不成的。才牵了牛没走几步，就被牛主人抓住送官了。

知县问秀才："你为何青天白日偷牵牛？"秀才就把自己的妻子如何贤德、家境如何贫困一一告知。知县听了，不信一个乡下女子会作诗，立马传了青英来。知县问她："你家大门旁的诗是你写的吗？"青英急忙跪下回答："大人在上，诗正是民女所作，未知触犯何法？"知县说："你作诗不犯法，只因你丈夫偷牵牛，被人抓来见本县，你看要如何判处？"

青英听后，泪如泉涌，马上就表态说："相公知法犯法，理应重判！"

知县点了一下头，对她说："妇人言之有理！本县看你是弱女，丈夫坐牢，今后你要如何度日？既然你会作诗，本县命你再做七绝一首。如成，本县就赏你白银五十两，给你回家去度日。"

青英一听，就点头答应。取过笔墨纸张，略加思索，当场就写了这样四句：

滔滔黄水向东流，难洗今朝满面羞。
自笑妾身非织女，郎君何事效牵牛？

知县看了，哈哈大笑说："你虽然不是织女，但本县判你丈夫坐牢，你夫妻二人不是成了牛郎织女吗？"知县说着，就叫人取出五十两银子，叫他们二人快快回家。

这个民间传说是这样结尾的：青英端午节挂菖蒲，竟得到如此好运。此事传开后，每年端午节大门上挂菖蒲的人家越来越多，以后广为流传，就逐渐形成了一种民俗。

三

宁波人过端午的由头是很杂的，纪念诗人屈原说，只是其中之一。还有纪念孝女曹娥说，曹娥为寻翻船入江的父亲，在江边号哭七天七夜，最终于端午那天跳入江中，死时抱出父尸，孝行感天；还有迎涛神之说，涛神就是伍子胥，因为他含冤而死，尸体被装在皮革里于五月初五那天投入大江，化为涛神，世人哀而祭之，故有端午节；也有更久远的与南方气候特点相关联的"恶日"说，因为五月被视为"毒月""恶月"，五月初五是九毒之首，因此历代流传下来许多端午习俗，都有关驱邪、消毒和避疫，如门上插菖蒲、喝雄黄酒、祭五瘟使者等，端午节也因此成为人们去毒避疫的日子。

还有源自远古时期的祭龙说。我更相信这个说法的古老和正宗。

据考证，五月初五是古代吴越地区"龙"的部落举行图腾祭祀的日子，其主要理由是，端午节两个主要的活动吃粽子和竞渡都与龙相关，粽子投入水里常被蛟龙所窃，竞渡用的是龙舟，而且竞渡与古代吴越地方的地理环境关系尤深，吴越百姓还有断发文身"以像龙子"的习俗，并有五月初五日用"五彩丝系臂"的民间风俗，这应当也是"像龙子"的文身习俗的遗迹。

宁波还是中国"龙舟竞渡"的发祥地之一,这也是有考古实证的。河姆渡遗址和田螺山遗址的史前文化证明,早在7000年前,先民们就使用独木舟和木桨。而中国龙舟的最初原型是单木上雕刻龙形的独木舟,后来发展为木板制作的龙形船。专家公认的中国最早的"龙舟竞渡"的图形,就发现于宁波鄞州区云龙镇甲村。那是1976年出土的国家一级文物——战国时期的斧形铜钺,器物上雕刻着"羽人竞渡"画面,图案生动清晰。这器物是古代部族权力的象征,曾被作为中国竞技体育历史悠久的理由之一申办奥运会,并在北京亚运会、奥运会期间专调北京展示。

宁波近海,宁波人的脾性颇有点海纳百川的意味,过端午节就是一个很好的例证。宁波人真的将端午节过成了一个装着各种传说和习俗的大篮子,那是屈原祭得,伍子胥祭得,曹娥祭得,龙祭得。那是粽子吃得,菖蒲挂得,雄黄酒喝得,香袋佩得,龙舟划得。一个传统的节日在宁波要多热闹有多热闹,要多缤纷有多缤纷。这样天长日久的海之纳之,更延伸出宁波人独有的一些端午乡风,如旧时宁波人过端午,还会在辟邪驱毒方面,兴画"端午老虎"与吃蜒蚰螺。

民国张延章《鄞城十二个月竹枝词》中,有关端午的诗句有:"五月端阳老虎画,艾旗蒲剑辟群妖。雄黄红蘸高粱酒,苍术还须正午烧。"至于为何要描端午老虎,是因为人们想用"百兽之王"的老虎来镇住蛇、蜈蚣、蜥蜴、蜘蛛、蝎子这"五毒"。

在这一天，大人会用雄黄在孩子的额上写上虎头上的"王"字，也有的给孩子穿虎纹的衣服，缝制布虎和老虎枕头。也有将端午老虎印在约四五寸见方的纸上的，有虎和孩子，有李存孝七岁打虎、杨香虎下救父等故事图，虎和孩子姿态各异。小孩子将黑色版画"端午老虎"纸填上各种颜色，就是"描端午老虎"，描好后贴在门或墙上，说是可辟邪。

而蜒蚰螺就是蜗牛，据说在端午日午时前（尤以午时为佳）将捉到的蜒蚰螺炖蛋吃，可清热解毒。具体做法是将蛋钻个小孔，把蜗牛肉塞进蛋内，封口后清炖。

又如，在端午节这天，宁波人给小孩手臂系上五色手绳，叫"健绳"，待以后弃绳时，要粘上糯米饭，抛至屋瓦上让飞鸟粘去，这样孩子就可以无病无痛、长命百岁了。

又如，旧时宁波人过端午独有的街上一景，那就是女儿表达孝心送"吭吭鹅"，这估计也是纪念曹娥为女之孝而演变来的习俗吧。端午那天，出嫁的女儿要回娘家，女婿要挑"端午担"，少者四色，多者八色，其中鱼要成双，鹅头颈涂红颜色，路上鹅叫得越响越好，称"吭吭鹅"。挑着一只"吭吭"直叫的鹅招摇过市，然后听着旁人评鹅肥啦瘦啦，女儿女婿孝啊不孝啊等，当是街坊邻舍快意嚼舌之重要内容。

而同样的端午吃粽子习俗中，宁波人也有自己的花样，除了别处都有的肉粽、豆沙粽、蜜枣粽、蛋黄肉粽，宁波独有的一种粽子是豹纹碱水粽，粽叶就与别的粽子不一样，不是青壳的，不是那些芦苇叶、箬竹叶、芭蕉叶、荷叶，而是以宽大的有暗红色斑点的笋壳为粽叶，这种粽叶包起来的粽子看上去更挺括，但粽米黏性更足更香，比起北方的清水粽，豹纹碱水粽因为放了碱，更助消化，用白糖或红糖蘸了吃，绝对是一道外观好看内里甜糯的舌尖美味。

四

著名作家李敬泽先生曾在南方周末 N-TALK 文学之夜的演讲中，以"跑步、文学、鹅掌楸"为题，将跑步、文学和鹅掌楸看似浑不搭的三者生动又深刻地串在一起。他说，文学就是要把世界上各种风马牛不相及的事，各种像星星一样散落在天上的事，全都连起来，形成一幅新图。

我将这篇文章取题为"菖蒲、端午与复仇之剑"，也试图将这三者做一个串连。因为我也想在这篇文章里做一件比较文学的事。菖蒲与端午的连接，民间文学早已经完成了，我前面的三段文章也算是努力做了一个复述。复仇之剑与端午与菖蒲，似乎还得好好地连连。连接的纽带就是伍子胥。

端午节纪念说里的伍子胥，在史书里一直是一个复仇者的形象代表。

伍子胥的故事也因此流传很广。他原为楚国人，因父兄被奸臣陷害，伍子胥逃到吴国成为吴王阖闾的重臣，一心复仇，最后受人谗害被阖闾的儿子夫差赐死。

在伍子胥的传奇里，我注意到了两个或大或小，或重要或渺小的人物。一个是他逃往吴国途中，经过濑水时遇见的在水边浣纱的史贞女。他向她讨食。她把浆纱的半桶面糊给他吃了，并向他指明了道路。伍子胥临走时再三叮嘱史贞女不要讲出他到过这里，以免追兵知道他的去向。史贞女为了使伍子胥放心，立即抱起一块大石头，投水身亡。多年后伍子胥伐楚成功，他回到当年与浣纱女相遇的溪边，将三斗三升共千斤的金豆子撒在溪中。据说这也是女子被称为"千金"的由来。

另一个人物很关键，那就是春秋时期的著名刺客专诸。专诸是伍子胥专门为公子光篡位、刺杀吴王僚而物色的。因为吴王僚最爱吃太和公的炙鱼，专诸专门前往太湖拜师学艺，三个月之后，尽得太和公的全鱼炙手艺。而刺杀的凶器为鱼肠剑，这是一把在相剑师眼里逆理悖序的剑："逆理不顺，不可服也，臣以杀君，子以杀父。"鱼肠剑生来就是用来弑君杀父的，这似乎是此剑的宿命。

所以，在伍子胥的复仇事业中，我一共看到了三把剑。第一把是伍子胥自己。从他逃离楚国的那一刻起，他就成了一把复仇之剑，只是这把剑握在他自己的手里，有他自我的谋略、自我的意识、自我强烈的目的。

第二把是专诸。屠夫出身的他，去刺杀吴王僚，他的内心没有恩怨，也没有目的，他只是伍子胥复仇之剑手里的一把剑，一件杀人的利器。如果说志士献身是为杀身成仁，这个仁绝对不会出现在刺客专诸的认知里。

第三把就是鱼肠剑。它藏在鱼腹里，握在专诸的手上。相比于伍子胥与专诸，它不像是剑，更像是复仇之剑的手段或途径。

史贞女遇到伍子胥，帮助或不帮助，她都没有活路，因为追兵就在后面，无论如何都逃不过一个死，就像同样帮助过伍子胥逃跑的人。所以，与其说史贞女投水自沉，不如说是被伍子胥这把复仇之剑的剑气所杀。谁能否认这把剑的剑气万丈呢？

所有复仇之剑，一走在复仇的路上，终究会一去不返。只有菖蒲留下来，在每年的端午节，准时出现在百姓的门前。现在，我眼里的菖蒲就是一把神之剑，人间的恩怨和是非与它无干，它的使命就是在天地之间握紧自己，为百姓辟邪守正，同时守住自己所有的锋芒与剑气。

风物

自从诸葛亮手执鹅毛扇以后，后世的谋士、幕僚开始扇子随身。最会装的历来是文人，他们"穿冬衣，摇夏扇"。武侠小说中扇子出现，必是厉害的兵器。济公的破蒲扇跟铁扇公主的芭蕉扇就是法器了。电视剧里的账房先生喜欢将扇子插在后脖颈上，像极了一条长在后颈窝里的尾巴。

蚕城盛泽

一

　　梁兄按了按翅膀，做了一个请的姿势，英台就飞起来了。这一飞，世上从此多了一种爱情范儿：看上去比翼齐飞的，像是能天荒地老的，挣脱了世俗之累的轻盈之爱。

　　而这之前，英台要主动得多，她在言语上多有暗示，在行为上也露了不少女儿态。但梁山伯活该悲惨，先入为主的印象太深了，英台没辙了，南方多井河，只好在十八里相送时，一路拉着梁兄在水里照影，她希望水能去浊还清，洗净梁兄的眼目。

　　我自然不想细究故事做这样的编排，是否有提倡将爱的权利还给女性，狠狠反抗一下对女子有更多苛责的森严教条之伏笔？我所留意的是英台走了后让师娘转给梁兄的信物，拨开一千多年的风尘，我看到了一把薄如蝉翼的绢扇。

　　这绝对是女性之物。古代多以竹作外框，以细洁的纱、罗、绫等糊面,也有以"一寸缂丝一寸金"著称的珍贵的缂丝糊面的,并以楠木、红木或牙骨等为柄,扇坠一般配以丝质蝴蝶结。没到盛泽前,我一直忽略了传奇里的这个细节。其实,传递宁波鄞州和绍兴上虞两地这对年轻人情愫的这把扇儿,是非常南方的,真可以作为梁祝传说在浙江的一个佐证。而且,江南出丝绸,最好在盛泽,出生于名贵富裕之家的祝英台手里的扇儿,还要能拿得出手当作信物的,也当是最好的,八九不离十就是盛泽出品,八九不离十是一把盛泽产的缂丝扇子。

顺此说下去,马文才就出场了。祝员外的小女,把玩最好的东西,也该嫁最好的人,而马文才就是这样的婚嫁对象。在国内众多梁祝传说中,祝英台与马文才都是没有见过面的,但马文才绝对应该是属于高富帅的,能轻易将贫困的梁兄比下去。也唯如此,英台选山伯才更显出爱情脱俗的一面。

在盛泽,一次次听人说起丝绸,我也一次次想起家乡的梁祝故事,眼前便不由自主地冒出马文才家送来的大堆聘礼里满车满车的上等丝绸,不用说,那丝绸八成也是盛泽出品。当祝小姐用丝线缝制自己贴身的嫁衣,针儿一次次扎破她纤细的手指,那种疼,是蚀骨的爱情在咬她的心。而所有的丝帛锦料,在她眼里,也将还原成一根根蚕丝,循着丝,她找到了尚在沉睡中的一枚蚕茧,那就是她芳心暗许、情有独钟的梁兄。

二

爱我，你就与我一起羽化，让我们一起离开这总让有情人伤怀的人间！

"人去也，人去凤城西。细雨湿将红袖意，新芜深与翠眉低。蝴蝶最迷离。"这是生于盛泽，幼年时又被卖到盛泽名妓徐佛家中作养女的柳如是洋洋洒洒二十阕《梦江南·怀人》中的第一首。这二十首词，深情诉说了她对名士陈子龙的眷恋之苦。风流倜傥的陈子龙虽与柳如是惺惺相惜、真心相爱，但终因她卑贱的妓女身份难容于陈家，不得不分手。第一首词中，她即以迷离的蝴蝶自拟身世，哀叹离愁。此蝶与梁祝所化的美丽、自由、轻盈之蝶截然不同，反含有更多来自庄生化蝶典故中人生如梦的引申义和因蝴蝶由蛹成蛾，短暂飞翔并陨落的绝望本义。

后来她终于得嫁对她有情有意，让她有名有分的钱谦益。那年她二十四，他六十。

也算是琴瑟相和了几年。之后，她与钱迎来了一次可以双双化蝶，在天上比翼双飞，在人间永成佳话的机会，那是1645年，清兵兵临南京城下，柳如是劝钱谦益与她一起投水殉国，以取义成大节，但钱谦益却说水太冷，不能下，又死死拖住"奋身欲沉水中"的柳如是，最后，钱谦益与众大臣开了城门，投了清军。虽然后来钱谦益在柳如是的力劝下，暗中加入了反清复明的行列，但冲淡人们对钱谦益降清反感的，还有赖于柳如是的风骨与义行。

柳如是最后还是悬梁自尽了，终年四十七岁。在我眼里，她的一生，终归只是一只孤单而凄迷的蝴蝶，就像她自己在词里的写照："总一种凄凉，十分憔悴。"

三

以动植物再命名一座城市是很有意思的。如广州又叫羊城，沧州叫狮城，包头叫鹿城，太原叫龙城，深圳叫鹏城，福州叫榕城等。这些命名皆各有出处，大多来自于神话或传说。如果给盛泽这个小城再命名，绸城是跑不掉的，但我更愿意她能被叫作蚕城。

因为盛泽的前世今生，所有的生计和活力，几乎都源自一只小小的蚕茧。是一只小小的蚕茧吐出的长长的丝线，让盛泽做成了大市面，也让盛泽名扬天下。

盛泽的丝绸生产有着悠久的历史。早在唐代，当地生产的"吴绫"就成为贡品。到了明清时期，这里出现了一批专业生产丝绸的作坊和进行丝绸交易的"绸市"，成为中国资本主义萌芽时期的重要工商业城镇。来自全国各地的绸商会聚在这里采购丝绸，市面兴旺，会馆林立，盛泽很快就以发达的丝绸织造业和繁荣的丝绸贸易而闻名遐迩，与苏州、杭州、湖州并称为中国的四大绸都。明末著名文学家冯梦龙在《醒世恒言》中曾对盛泽绸市的繁荣做了详尽的描述，而"水乡成一市，罗绮走中原""日出万绸，衣被天下"等，就是对当时盛泽的生动写照。

改革开放以来，盛泽的丝绸纺织业加快了产业升级的步伐，形成一个规模庞大、门类齐全、产业链完整、配套完善的产业系统，纺织业已成为盛泽经济的支柱，占据全镇工业经济总量的90%以上。今天的盛泽已成为中国最大的纺织产业基地。传统纺织产业由于现代技术的注入而得到了脱胎换骨的改造，呈现出了独具特色的产业优势。

所以，千百年来，这一只小小的蚕，吐最好的丝，产最好的绸。现在，仍然如此。

四

在盛泽几天，眼里见的是蚕、绸，心里联想的却是蝴蝶和爱情。我知道这有些混乱。我似乎是在找这联想的合理性，或者是想让蝴蝶、爱情、蚕和丝绸，成为差不多的东西，即使只是象征意义上的。

不可以吗？

蝴蝶给人的感觉是轻盈的、华丽的、脱俗的。

爱情给人的感觉同样轻盈、华丽、脱俗。

而丝绸呢？在我印象中，高贵、华丽、轻柔的丝绸最像女人，有千丝万缕的心思，也有千丝万缕的风情。都说人们爱丝绸，是因为每个人总能从品类繁多的丝绸产品中，找到最符合个人审美要求的一种或几种，丝绸料子也最贴人的肉身。前者不用赘言，说丝绸最贴肤，这是有科学道理的，丝绸是由蚕宝宝吐出来的丝编织而成，它的纤维属于动物蛋白，自然与人的肌肤最亲。这也是丝绸在所有衣料中给人以最舒适感觉的道理所在吧。

所以，不管眼下各种衣服的材质怎样的五花八门，人们日常最应该拥有的，还是一套宽松的丝绸内衣，置有这样的内衣，就像是多了一份对自己的贴心呵护。只是这样的想法在古代是不被允许、不被理解的，因为绸衣名贵而华丽，在物质贫乏的年代，更多地被当作礼仪之服，成语"纨绔子弟"说的就是丝绸衣服事件，那是在六朝，当时天下崇儒，而儒家崇尚俭朴，认为名贵的丝绸只能在重要的礼仪场合才能穿，说白了，丝绸衣服是用来装门面的，绝不该用来裁制内衣。但那些相对富裕的世家子弟却用白色的丝绸来做裤子，这岂不太奢侈了？他们因此被称为"纨绔子弟"。

其实在今天看来，他们实在只是想让自己穿得舒服点而已，与故意的铺张浪费和显摆示阔也许并不很搭。

而蚕蛾呢？

蚕蛾与蝴蝶身体构造相似，暂不说千百年来前者为我们的生活带来多少呵护，光看它们停息时的姿态，似乎就能说明点问题：蚕蛾两翅展平呈屋脊状，蝴蝶两翅竖直，仿佛随时准备一飞冲天。所以，在人们的眼里，蚕蛾是更入世的、更务实的，也是更让人踏实的。如果用蚕蛾来比拟爱情，它不是梁祝式的，也不同柳如是式的，它更是寻常百姓立定大地、生儿育女、繁衍子孙式的。朴素自然，但同样美丽得令人动容。

就这样，蚕、绸、蝴蝶和爱情，终于成为在盛泽游走的我眼里相仿的事物。我的心也因此柔软起来，仿佛被丝绸温柔地包裹着。如同庄周梦蝶，我有没有在恍惚间也变成一只蛾子？当我从那几个特别安稳的夜晚醒来，迷迷糊糊中，我有没有招呼一声：亲爱的盛泽，亲爱的绸城，我们一起食桑吧、一起吐丝吧。

小乘凉

一

　　是在一个古旧的凉亭里听来的。当时是一次集体采访，路过小坐。树荫很浓，蝉的叫声固执绵长，十来个人围坐着，小歇，乘凉。

　　乘凉的标配是闲话。

　　她刚一回神，就见他碗里只剩一小口饭了，其余的全在他嘴里，没咽下，两腮像鼓着两只松鼠。他说是小时候饿怕了，有口吃的就想先入嘴，他得确认是真的，也是他能吃的。

　　"怪不得。"

　　"什么？"

　　"你先哄住了我，至于拿我如何，只想以后再论吧。"

　　然后就没有然后了。

　　他大学里曾有过一个深爱他的女同学，生活上对他无微不至，那时他睡在上铺，有一次他上完课回来，看到女友正跪在他的床上，埋头收拾散乱在他床上的书籍。他站在一旁，看着她高高撅着的屁股，感觉突然就不对了。

然后就没有然后了。

还是那位先生，有一次在他的研究生录取面试上，见到其中一位应试女生，裙腰上挂着大串钥匙，走动时也带出声响。她是钟点工？房东？仓库保管员？反正这钥匙让他认定，她可以是任何身份却绝不能是他的学生。她答题时，导师的思绪被那声响牵走了，还魔性地放大……

然后也没有然后了。

有时感觉就是判断，就是感情。

这样的感觉哥、感觉妹太多了。忘了在哪篇小说看到的，一外室女子，在爱人面前，一直都呈现她最好的面目。同床共寝十几年，竟从没在那人面前放过屁……

校园散步，一辆自行车急速冲来，眼看就要撞上那个女生了，刚留校的青年老师张开双臂挡在她面前。那一刻，女生感觉他太高大了，一颗心就这样丢了。

莎士比亚给爱人写信：你长得真丑，可我无可救药地爱上你了。大师是相信自己的感觉，感觉自己在爱着。所以，丑又算个什么东西？

二

曾与人争论过"乘凉"这个词。乘是乘汽车一样的乘，凉是什么？

　　小时候能想到的凉全是物质的。比如风，风是凉的。比如月和星光，它们都远远的，一片清凉。还有水，冲个凉水澡，将自己像衣服一样晾着，也算是乘了凉了。

　　后来觉得凉更是一种状态。安静地坐着，任晚风吹来，一天的汗水慢慢收起来，慢慢地陷入回忆里。这也是朱自清式的："今晚在院子里坐着乘凉，忽然想起日日走过的荷塘，在这满月的光里，总该另有一番样子吧。"

　　那是一份闲适，那里，闲适是一条林荫小道，让神思畅游。

　　现在呢？生活在乘与凉中间，挤入了太多东西，又置换了太多东西。月光、星空、聚聊或入静，都是奢侈物。乘凉是一个快收入记忆的词。所以现在的凉，应该更多地指向一种自然怀旧的状态吧。

　　比如，我正在写这些文字。我静下来。静不下来没关系，念清心咒，一百遍。我要进入乘凉状态。

　　然后在文字里种一棵乘凉的树，坐在下面，有一句没一句地想一些遥远的心事。实在没什么想的了，就想想人家的乘凉事，如郑人乘凉。西山与东山的狼都吃人的，但白天的太阳与夜晚的月亮是不同的，他怎么就不知道呢？活该露水湿身。所有天下被爱着的男子，知不知道他的女人白天与晚上的不同？

　　比如，淳于棼南柯一梦。淳于棼大槐国里考状元、娶公主、做太守，政绩斐然，钱财多多。一晃多年，多么幸福的一晃啊。

最后兵败吓醒，梦里的天下，原是槐树最南边的一枝树干而已。这是最惊悚的乘凉了。

我有没有机会也这样幸福地晃上一晃？

不敢想。

那就想想儿时记忆里的乘凉。晚饭后，墙根被洒过几道水，竹床搁搁在两张长条凳上，小小孩等不住，大脚盆刚捞出来的身子还没全擦干呢，就撅着屁股往上爬，他们要去上面打滚，凉凉的，滑滑的，要是再配根白糖冰棍，就不要太舒服啦。大一点的孩子自觉端一把小杌子，团团围坐，中间空着的椅子，是给居民区里的话痨叔准备的。他打开话匣子，奇谈怪事就跑出来了，那时他是整个夜晚的中心。孩子们小汗毛一竖一竖的，听得走不动道。

三

他郑重地递过来一把折扇。

扇子是他的贴身之物，带着他灵魂的气息。这是爱的信物，给小九妹的。

他憨憨自语：英台那么美好，他的小九妹一定也是美好的。

这是一把干净的扇子，像他的眼睛一样干净。这样的干净总是出尘的，所以最后要被世俗蚀了去。

当他与英台双双化蝶，那把扇子一定也飞身树梢，变成一片扇形叶子。当他们飞舞得累了、乏了，扇叶子就是他俩干净的眠床。

李香君也有一把扇子，那是她的情郎侯方域赠送的。她"手帕儿包，头绳儿绕"，珍爱得不得了。

只是被血污了。她流的血也是干净的，用血涂画的桃花也是干净的。只是这些干净被藏在背面的龌龊之手给污染了。孔尚任写《桃花扇》时，对侯方域是否有点羡慕嫉妒恨呢，李香君太美好了，为何要如此痴情？所以一定要对侯方域这个角色来点春秋笔法。

这出戏演了三百多年了。戏里的李香君有持折扇的，也有持团扇的。所以学界历来有"团扇""折扇"之争。有学者认定那扇子应为折扇，理由有好几个。比如，第六出《眠香》中，侯方域在扇面上题诗后，李香君"收扇袖中"；第二十二出《守楼》中，李香君"持扇前后乱打介，好利害，一柄诗扇，倒像一把防身的利剑"；第二十三出《寄扇》中，李香君"不免取出侯郎的诗扇，展看一回"。而只有折扇，才能"手帕儿包、头绳儿绕"吧。

扇子在生活里出现的历史太久了。这消暑乘凉物，除了作情感道具，还有多种妙用。自从诸葛亮手执鹅毛扇以后，后世的谋士、幕僚开始扇子随身。最会装的历来是文人，他们"穿冬衣，摇夏扇"。武侠小说中扇子出现，必是厉害的兵器。济公的破蒲扇跟铁扇公主的芭蕉扇就是法器了。电视剧里的账房先生喜欢将扇子插在后脖颈上，像极了一条长在后颈窝里的尾巴。小姐、贵妇们常常借扇掩面。

终于明白杨贵妃一出场拿的不是小巧的团扇，而是大折扇。想是形体有些胖大，扇小了不顶用。

四

还说乘凉的重要物什——扇子。

我国是制扇王国，从"羽扇纶巾"到"轻罗小扇"，品类何止千种。尤其是千姿百态的日用工艺扇，融书画工艺为一体，形成了瑰丽的扇文化。扇柄常用玉雕、牙雕、骨雕、紫檀雕之类，扇面则大量使用绢、罗、绸、纱、绫等丝织品。据载，唐时长安人丁缓，曾经制造过一种"七轮扇"，稍加用力即可运转，使人感到凉爽，这种扇子应该就是现今吊扇、台扇的鼻祖了。

哪种扇子最好？当然是苏扇。

苏扇包括折扇、檀香扇和绢宫扇三大类，统称为"苏州雅扇"。扇虽小工艺却不简单，造型、装裱、雕刻、镶嵌、髹漆等各种讲究。绚烂多姿的吴文化中一把小扇占重要篇章，吴地的山水、花鸟、人物，在扇面上浓缩绘描，让扇子不再仅仅是生风用具，更能成艺术珍藏。

我喜欢折扇。用时展开，收时折叠，带着几多方便。空调不给力时，谁有扇子谁就是拉仇。江浙一带人还喜欢檀香扇，我家就留着一把，苏产的。一扇在手，香溢四座，且扇存香在。盛暑却暑清心，入秋藏之筐中，还有香袭衣衫、防虫防蛀之功。

那是我在苏州出差时自己掏钱买的。是不是应该庆幸，没人专情赠扇于我？（南京一好书法的老友曾送我题诗扇子，这个不少朋友知道。但这不算送扇只能算送字，再说也无关男女事。我擦擦汗：还好，差点说露馅了）被文学戏剧浸泡得太多了，觉得但凡被人以情爱为由赠扇的，都没什么好结果。祝英台如此，李香君如此。

侯方域就是用一把扇子祸害了香君终身的。

宜兴紫砂壶

　　平生真还没见过价值不菲的名壶，但见过不少惜壶如命者。

　　小时候有一邻里老者，退休居家，喜执握一壶，夏日解暑渴，冬日兼暖手，整天拿壶像小媳妇似的捧着。老者用经过长期体力劳动的糙手把摸着壶，时日长了，人老了，壶却变得珠圆玉润的。有一天手里的宝贝被家里小的不小心打碎，天大的绞痛袭胸，看老者神情，似都有"打死小儿还我壶"的心思。打死小儿还是不行的，当然重重的几笤帚是不能免的。壶没了，手空落落的，心也一样，不得已，只得去陶器店里再淘一壶，只是此壶非彼壶，看着眼生，摸着手涩，总觉得不对，捎带着看世界，也满是物非人非的眼神了。

　　还有一个老机关性子豁达，长年坐办公室，一杯浓茶、一张报，忠心相伴的唯有一把紫砂壶。没想到退休年龄不到寿限却到了，临终问遗愿，他说庸碌一生，无所牵挂，这么年轻就去那里报到，兴许会有个发言权，走时让再喝口那壶里的水，清个嗓。

　　小时候还有一邻里婆婆也珍爱一把特别小巧的壶。她原是一地主的小老婆，解放后地主丈夫匆忙中丢下她跑到中国台湾去了，留她在大陆过着低声下气的日子。她是读过书的，秋瑾被杀那年，才终止了学业，理由是，女孩子读了书要去造反、要被杀头，读书害女孩呢。但来不及了，她已被"书"危害了，危害的特征就是她在生活中比一般的人要讲究，不过中国台湾那边不断有生活费转寄过来，也成了维持她精致生活的保障。她说话斯文，私下引我这邻里小妹为可教之人，常与我讲一些名人掌故，那大多也是一些讲究之事，如茶艺茶器。还有印象的一次是说苏东坡，说他一次顺流而下，命船家船到中游时取水他要烧茶，结果船到下游船家才想起取水之事，东坡冲茶时，看那冲茶之水在壶里剧烈翻滚，便怪船家偷懒。他说只有中游的水冲茶，水才是静的，茶味也会更清醇悠远。有关紫砂壶的事，我也是最先从她口中得知一二的，她说用老的壶，是练出来的壶，有茶精在里面，用清水冲泡，也有茶味呢。她还说，嗜茶爱壶之人，从不费力洗壶，只用软布擦擦。里面的茶垢可是宝贝。她喝水的壶小，老续水，我说干吗不用大缸子喝呢？多痛快。她朝我翻翻眼珠，说那叫喝茶吗？那是牛饮！她说这小壶，是女人壶，温婉可人，喝茶就是得闲时的雅事，续水也须得法，这也是茶道一环。

那几人用的壶不见得名贵，但一件物什，时日长了，用顺手了，便生出一种心理依赖，也算是日久生情、敝帚千金。但紫砂茶壶的实用和好处，当是前提。平头百姓都知道用紫砂壶泡茶，透气不透水、壶体会藏茶香、隔夜茶不会馊等，同样的茶叶，塘瓷缸泡出来的与紫砂壶泡出来的味道就是不可相提并论。所以凡是爱茶的，不管绿茶、红茶，都喜欢认一把紫砂壶。那时的紫砂壶当然是宜兴产的，别处即使生产，也被认作是宜兴的。没办法，老百姓就认宜兴的紫砂壶，就像火腿就认金华的，宝剑就认龙泉的，粽子就认嘉兴的。那时也是全民都假装视名利如粪土的年月，现已为天价的顾景舟先生的壶，身价比一般的壶也高不了多少，所以人们选壶也都只讲一个舒适和实用，壶的大小、出水、壶把的端拿、壶嘴的高低、壶身的质感等，才是认与不认的分寸。

作为一个辗转于案头之人，我也总在寻找一把适合我的紫砂壶，只待机缘巧合，心愿早成。我特别相信，物之于人跟人之于人一样，也是有一个缘字在其中纵横的，只是物之于人，更应表现出有用性、实在性。虽然眼下的情形是当年景象的大逆转，名利两字几乎成了门面，手握一把壶，必说这是多少多少市价，更有将好壶藏起来视同文物，远离茶水的浸润，毕竟这些与物我所用之理已相去甚远。我有一老师，几十年前偶尔得人赠一壶，后来发现是顾景舟所制，从此束之高阁。他平时惦不惦记我们不知，但打知道他有此一壶，我们就总惦记着，我每每见恩师，想到他家有一把好壶，便觉得他应归入富者行列，总不忘在问候他之余，也问候一下那壶："那壶，还在吗？安好吗？"虽然那壶到现在我仍没眼缘一见。

宜兴在国内有大名，首先得归功于紫砂壶。紫砂壶人人不陌生，但有关紫砂壶的系统知识，知道详尽的人估计并不多，如我者，也是在写文章要用时，才想起去百度里寻她。她的缘起、创始人，她的发展历程、工艺特点，她的传世名壶，她的材质鉴定，她的收藏知识以及使用方法等，一长溜看下来，便觉得这原本寻常百姓物深奥得不得了。比如，一把紫砂壶使用前得开壶，这开壶一项就烦琐得不得了：先用沸水冲洗煮泡，叫热身；再用豆腐水煮，叫降火；再用甘蔗和糖水煮，叫滋润；最后才用自己喜欢的茶叶煮，让茶叶精华入壶，叫重生。这一套整下来，估计就得好几天。于是深感自己深陷于日夜奔忙、三餐一倒的循环之中，是没落于没文化的恶循环，由此也想起自己做过的几件愧于宜兴紫砂的没文化事。

前些年几次"群众性"的会议，如协会换届之类，得由我们单位准备便宜又实用的纪念品。我想到紫砂杯这个东西是因为我有一个经营茶叶生意的朋友，平时就替不少单位加工这种杯子，他也做壶，但壶的成本相对高些，做会议纪念品是吃不消的。所以，我就托他为我们前后炮制了几批印着我们想印的名家字迹或会议落款的紫砂杯，包装成正宗的宜兴紫砂杯，广为赠送。那杯子很受欢迎，过了好久都还有领导问，上次开会那杯子还有吗？来人了，拿几个送送。我知道这是假冒，私下也担心：不用宜兴的紫砂泥烧制，那杯儿会不会对人体有害？朋友笑了，说，一千多度的高温烧结的杯子，一百度的水如何能泡出毒来。再说，那么多年挖下来，宜兴哪还有这么多泥啊，现在的泥好多是外面的，一样的高岭土，反正都差不多的，哪来那么多毒啊。

只是，透气性好，容易成型，烧制不易走样，天底下这样的高岭土还是有不少的，不是宜兴独有。但没办法啊，行内独认宜兴最好，这就是市场占领啊。现在做什么事都得依法行事，所以，想要生产销售假冒的宜兴紫砂，肯定会被严惩死罚。网上随意查查，全国各地有很多厂家生产紫砂壶，产品上老老实实标注着原出产地，这样的市场令人放心也开心。只是不时的，价格上、销售上总会跌几分，宜兴紫砂壶的深入人心，老大地位实难撼动。

说到泥料，我又想起一个搞收藏的朋友，他说我们宁波当地曾发现了一处与宜兴紫砂泥质相仿（据他说质地一模一样）的泥，那"泥矿"被发现后，迄今已被人挖得差不多了。我那朋友的收藏神经很发达，他私下告诉我，他抢了一批收藏了，足有十吨。我问：那泥能藏吗？藏起来不是会风干了。我自然问得很外行，他告诉我，藏泥分两种，一种是调好的像磨好的年糕粉那样的，即使干了淋一点水就能用的，还有一种放在户外，没怎么处理过，风吹雨淋没关系。反正一句话，那土也是会越藏越好用的。他那一句越藏越好用的话让我无端地想到了农家常用的一个词：堆肥。

听说现在名壶也无价了。但一般人喝茶，还得回到我这个朴素的理念：壶之于人，实用还是第一。说到这个，又想起一事，

20 世纪 90 年代我去一家私营企业主那里谈刊物栏目合作，谈得很成功，回来后总觉得那老板的办公室有什么不相称、不谐和的地方，好半天才明白过来，盖那老板虽长得精神但实在矮小，如此身形，坐在一张大老板桌后面的可以转动的大老板皮椅上，真像一只小鸟。还有，他同样小巧的手上居然捧了一把巨大的紫砂壶，那壶青铜色，质地细腻，造型古朴，一看就是非常考究的稀罕宝物。但那手真太小了，或者那宝物实在大了。

这也是一种不相称、不登对吧。回头看镜中的自己有点粗制滥造的外形，想想自己一贯见风就来雨的性子，一种自卑深深地袭卷内心。我知道为什么找手头没有留下好点的壶了。其实我也有过几把壶的，有别人送的也有早些年买的，但都给我做了人情。我认为如我等小女子，也可以有一把心爱的紫砂壶，也必须是宜兴产的，但一定得是一把看上去壮实点的，也平常点的，这样拿手上、喝嘴里都看上去和谐点儿吧。前些天从无锡回来，一个老同学送了我一把小壶，说是女生喝的，还特意说，那壶十年前的市场价是三千。回来正好赶上我家先生老乡聚会的饭局，我被嫂子来嫂子去地叫得晕了，也喝得晕了，又与其中的一位老乡认了酒场"战友"，然后，就豪情万丈地从双肩包里取出那把壶送他了。醒来后想了想，那壶还是配得上那人还算斯文的长相，而与我这个粗人，反而是胖嫂配瘦驴了。得得，这人情做得好，送了就送了吧，下次也有理由敲他一顿豪宴名酒。再说，我家先生当时不是也没拦着吗？

岱山鱼鲜之餐聊

岱山去了 N 次，岱山的日出看过 N 次，岱山的朋友有 N 次方之多，都是能交流诗文、把酒言欢的好朋友。岱山印象深的有不少地方，台风博物馆、海洋博物馆、秀山岛、东沙古镇等。在岱山，我第一次知道台风是怎么命名的，第一次相信徐福真的是从这里出海的，第一次用脚丫子去感受特别细腻的沙质。第一次知道，宁波与岱山为什么语言和风俗相仿，海陆交融的文化相近，那还是拜一次次海禁所赐，因为岛民的迁徙地，很多就在宁波。有一年我参加岱山的海祭谢洋大典，国内来自各地的渔民穿着盛装，一脸庄重地祭拜天地与海神，那壮阔的场面，一下子赚了我的眼泪。

我这人易受感动。刚才在东沙古渔村晒着鱼鲞的一角，我又想哭了，谈不上伤感，是不由自主想流泪。怎么说呢，那熟悉的味道，就是我人之初时时刻刻沉浸其中的味道。虽然东沙古镇出于复原和展示古渔村生活场景的需要，这味道只覆盖了很小的区域，但让我感觉就是时空的穿越。

你们说我应该说闻到气味，而不是味道。你们说得对，但那味道是很浓厚的气味，闻着，味蕾也被调动起来，感受那气味是同时需要鼻子与舌头两个器官的。

小时候我家住在宁波江北岸的渔市场对面，渔市场紧挨着白沙码头，舟山一带的渔船都来这里泊船卸货。所以，除非大风天，平时从我们鼻孔里进出的，准是飘着浓浓鱼腥的空气。这鱼腥分两类，鲜鱼的腥与咸鱼的腥。鲜鱼的腥是那种散漫的、向高处扩散的、冲鼻子的，而腌鱼的腥却浓烈、醇厚，仿佛被盐压着，使它们像湿冷空气，成为重的、向下的、贴着地面转来转去的那种。那时候冷冻条件差，市场里的鱼大多是腌制品或晒鲞，那浓烈味完胜新鲜鱼味。也许是因为习惯了，我总觉那味好闻，有一次我还向一外地同学吹嘘，说那咸味的空气，就像是被盐消毒了，对身体特别好。

被这咸腥味包围着，吃的菜自然只能往上面靠。小时候吃的最多的，就是能咸死骆驼的带鱼，那可是一年四季都吃的，因为不舍得那几两定量供应的菜籽油，咸带鱼只能清蒸吃。刚腌制的蒸了还有点鱼香，如果时间长了或在气温高的夏天，那咸带鱼就泛黄，冒出一股难闻的哈喇味，吃的时候只好借浓醋盖盖味。吃得第二多的就是龙头鲓，也是咸死人不偿命的，也是上笼清蒸。龙头鲓学名虾潺，俗称豆腐鱼或小龙鱼，新鲜时入口即化，肉质细腻鲜美，但被狠狠地腌晒后，就像一个被抽去青春只剩满腹积怨的老婆婆，我都不知道如何对它下嘴。北方人不知道新鲜的虾潺价格便宜，见它们白白胖胖的，像可爱的小媳妇似的被堆放在冰沙上，以为是不得了的吃食，所以常常心甘情愿地被当地黑心黑肺的夜宵摊主狠狠地敲竹杠。曾有新闻报道说，一条小龙鱼有被卖到几百元的。后来报道得多了，北方人也知道了其中门道，才不再吃这暗亏。现在提倡少盐生活，加上有冰箱保鲜，龙头鲓也就腌得淡淡的，吃时切成小段小段的，油锅里翻翻，下粥下饭那可是一等美味。

鲞也是常菜。我对鲞一直很有好感。黄鱼鲞烤肉，在我小时候可是稀罕菜。家里做鱼鲞一般是与笕子啊、夜开花啊、冬瓜等红烧，时间要烧长点，那是极入味的好菜。鲞分咸淡，都是在大太阳下晒制的，鲞的肉质比新鲜的鱼要紧实得多，耐嚼。淡鲞在水里泡软了，一般能还原相当部分鲜鱼的香味，可当作鲜鱼吃。而保存时间相当长的咸鲞，吃前只要经过长时间的浸泡，去掉了浓咸味，再加点料酒与美味酱油调味，也是别有风味的，这可是宁波人最爱的美食之一。

那时也吃新鲜的鱼。靠江靠海，就有这种便利。去菜场或直接上渔船上买来后，为了省油也为了保持鲜度，宁波人大多选择清蒸、水煮，或与别的菜一起烧。最百搭的就是咸菜了，有咸菜带鱼、咸菜黄鱼、咸菜墨鱼、咸菜鱼汤等。说到这里突然想起宁波的一句老话："闲（讲）话讲道理，带鱼吃肚皮。"带鱼肚皮的肉是最肥腻的，但现在我们吃带鱼，筷子一般都绕着肚子走。现在的肚子油水太多啦，你们都很聪明啊，今天餐桌上的清蒸大带鱼，有肚皮的那两块还没人动呢。东海的带鱼因为水质关系，与别处的带鱼比较，个头相对小一些，但肉质特别细腻鲜嫩，并且，别处的带鱼脊背处有一外骨突弓起，整个体形像一把狭长的刀，而东海出产的带鱼，是流线型的，没有骨突。

那时候渔船一靠上码头，绝大多数当家鱼类，品相好的，如带鱼、黄鱼、鲳鱼、墨鱼等，就被供销社等公家单位收购了，这是规矩。收去的鱼要么放进冷库，要么加工成各种鱼制品。一些杂鱼及卖相不太好的，就流入自由市场，船老大们还会留一手，说是自家吃的，那些特别好的鱼，其实他们也是想换几个活络铜钱。陆家人上船去，总能用比较便宜的价钱买到他们的"私货"。

我父亲是铁路上的，一般周六晚回家周一一早出门。他喜欢周日去渔码头扫货，每次集中买上很多，回家来让我母亲腌晒，因此我们家里也总会飘着那种浓浓的鱼腥味。与船老大交易时，好客的父亲常常会与看着老实的船老大攀谈，投缘的就认了朋友。船老大长年在海上作业，也有心攀个陆地人家弄个歇脚处，两个人一对眼，朋友就交定了。之后，船一靠岸，就会提上一些透骨新鲜的鱼货上门，奶奶就忙着张罗炒几个好菜、打一斤黄酒留船老大吃饭。这也是我小时候家里一景。记得最多的时候，我家同时走动的船老大有三个。

我老爹认下的船老大几乎都是大紫脸膛，这是否也代表了他老人家的审美？但不管美不美吧，大脸膛的人看上去总更显得忠厚可靠。他们总喜欢穿仿绸大褂子，下面是黑棉大腿裤，长度类似于现在的七分裤，但裤腰肥大，折叠在腰部，用一根细带子系住。天热时，船老大光了个膀子站在我家天井里用自来水擦洗身子，也不避嫌，大黑裤衩上晃着一堆古铜色的大肉。

记得有个宽脸眯眼的船老大姓陈，就是岱山人。每次来我家，眯着眼笑着看我，说不出的慈善。那时我虚年十五，在家里进出无声，这没办法，谁让我排行最小，没有说话的份，看上去也是没什么存在感。那位老大却慧眼识珠，他打听到我成绩好、听话、安静，长得也算马马虎虎吧，便想起岱山家里当民办老师的儿子，便向我妈提出，想让我长大了做他家媳妇。我哥哥姐姐没少拿这个事与我说笑，大我八岁的姐姐还与我开玩笑，说我以后要乖乖听她的话，否则就要游说我爹妈，让我嫁入船家，给船老大做媳妇去。我自然鼻子出大气，不平地嗯嗯以示不屑：自由的年代，谁都是自己的主人，我以后肯定也会做自己的主。

有一次班主任将我叫到办公室，先夸我班长当得好，学习用功成绩好，再夸我喜欢读文学书籍也很好，接着她足足与我谈了半小时关于如何汲取文学作品营养之事，从她口中我第一次听到成语"取其精华，去其糟粕"，觉得这个梳两条长辫子、被学生背后叫老土冒的化学老师，还是很有学问的。我向来听话，老师说什么，我只不住点头，尽管觉得她那天的谈话有些莫名其妙。最后她说，一个学生交友很重要，现在要专心学习，社会上的人不能太多接触。我心想，每天上学放学，作为班长，我平时也只热心于班里的"公益事业"，哪有时间与社会上的人接触去？

谈话结束后我闷着头往外走，刚到门口又被她叫住了："哎，我这里有你一封信。"我很诧异，谁会给我写信？我拿过信往外走，看落款，是岱山某学校的，撕开信，里面一张相片掉出来，是一个青年男子，也是眯眯眼，看上去是有点老实憨厚的那种。读信，原来就是那个陈姓船老大的儿子对我很普通的问候。至于像小说经常写的细节，说是来自大海的信带着大海的潮汐，还有浓浓的海腥味什么的，我不记得有，那是肯定没有。

我苦口婆心的班主任真是小题大做了，又不是古时候十五六岁就要说亲了，我那么小，还算一朵祖国的小花骨朵儿，我懂什么呀。后来再拿信封细看，哎呀，这信是被拆过后又被封上的，拆痕也太明显了！那时候我已知道个人的信件是隐私，别人无权拆阅，当时有些愤愤。但我如何去找她理论呢？再说，老师这是为我好呢。我这细胳膊细腿加上没有底气的细嗓门，还能如何？作罢作罢。

这也可算是我与岱山的一段没有展开的故事吧。今天想起来觉得有点喜感。退一万步想，若我真做了一个海岛媳妇，至少会很有福，不说现在岛民普遍富得流油，每天能闻到入骨的海味，每天都有鲜掉头发的海鲜吃，每天枕着大海的涛声入梦，啊，不能再想了，再想下去，我只想穿越回十五岁，不读书了，不上大学了，跟着船老大回家得了。或者上了大学后再嫁岛上去，那样，我大半辈子的所有的曲折就被改写了，那多好！啊啊，我错过了怎样的人生美事啊，城市套路深，我要嫁渔村！

来来来，别光听我说啊，什么菜都得趁热吃啊。浙江最好的海鲜在舟山，舟山最好的海鲜在岱山，你们来一趟不容易，千万别辜负哦。

遥远的年画

　　铁门一拉开，一张清癯的脸望出来，看到我们，微微一笑，缓缓引我们上楼，进入一套看上去十分干净的居室。虽然说不上老人的住处应该有什么固化的模式，但那里家具的摆设、墙上的装饰等，真不像是年迈之人的居所。

　　后来才知，这里是他儿子的住处，说是去年老伴过世，他大病一场，孝顺的儿子儿媳非得让老爹爹搬来一起住才放心。

　　虽在儿子家，他仍然拥有卧室之外另一个单独的小空间，看上去更像他的书房，在那里，我总算逮到了一些老年人的物什：挂在衣架上式样老旧的衣服，简朴的茶几，老茶壶及散落在房间四周的不少有些年代的老东西——一眼就知道是好东西，也是我们此行非常想看的东西：那些带着传奇色彩的老木刻版，那些精美的几乎失传的木版年画。

　　老人骨节分明的手指看上去灵活又有力量，这是一双一辈子都奔跑在手艺上的劳作之手。就是这双手，一开始向我们展示他的藏品时，却突然透着一丝迟疑。是怕我们不懂欣赏吗？

但那些年画真是太惊艳了——全是他的绝活，全是他的宝贝，全出自他手，一张张桃花坞木刻年画色彩鲜艳，画风细腻，线条清晰明快，画风多样，内容又包罗社会万象。在我们一声声真实的惊叹声里，感觉老人的手看上去已像是满血战士，兴致勃勃又充满了激情，像正弹奏着一个个奇妙的琴键。那么一大叠年画，一张张抖露在我们瞪大的眼里。

他开始为我们介绍，这张是如何套印的，那张用了几色、几块刻版，这张是取自什么传统故事，那张细微处的色泽如何洇染等。那一刻，他脸上的神态是骄傲的、自信的。是啊，他完全应该骄傲和自信，这真的是难得的应该传世的艺术精品！他这一生就干这事了，早成了这一行当的顶尖大师傅，我能说他是唯一顶尖的吗？答案是肯定的。只是这行当，原先太轰轰烈烈了，一年要印行百万张呢。我心里盘算着，如果一本书，销量能在百万册以上，那是什么概念呢？那不是很牛而是太牛了。可是牛着牛着突然就式微了，像一个辉煌的老者，活着活着，突然活成了一个孩子，需要小心地保护，需要有后来人接手。

传承非遗，就是这个意思吧。

后来我们坐下来听他淘古，淘淘桃花坞木刻年画的前世今生。他说起这些来自然得如说家事。

桃花坞年画前身为苏州木版年画，在明代已有印行，清代乾隆时期达到鼎盛。最多时开设的大小画铺有数十家之多，且大多集中于苏州阊门外的山塘街和阊门内的桃花坞，故统称"桃花坞木刻年画"。该年画是我国民间流传最广的传统年画品种之一，和天津杨柳青、山东杨家埠、四川绵竹年画被誉为中国"四大年画"，桃花坞木刻年画又有"姑苏版"年画的古称。2006年5月20日，桃花坞木刻年画经国务院批准列入第一批国家级非物质文化遗产名录。

在题材上，桃花坞木刻年画的内容非常丰富，上至天文下至地理，上至三皇五帝，下至平民百姓，社会生活新闻、历史故事传奇及三百六十行等无所不包，当然，老百姓最欢迎的还是以吉利．喜庆为题材的年画。桃花坞木刻年画的尺幅也是多种多样的，诸如门画、中堂、挂屏、斗方等，大凡室内外适于张贴之处，都有相宜的幅式，其中以门画销量最大，据说是因为它能把邪恶拒之门外。

而与别的木刻年画艺术上不同的是，传统的桃花坞木刻年画源于宋代的雕版印刷工艺，由绣像图演变而来，在早期画面的经营上，甚至可以看出宋代院体画、明代界画和文人画的痕迹，还受到西方艺术影响，吸收了西洋画法中的透视和解剖知识，因而画面上的远近关系、人物比例等，看起来都很悦目。保留下来的不少作品都能看出对西洋铜版画雕刻风格的模仿，甚至有的还在画面上题明"仿大西洋笔法"。因此，桃花坞木版年画堪称画法最精、刻工最细、结构最复杂、幅面最宏大，还基本用套色制作。精湛的刻版和套印技艺加上富有地方风格和民族特色的画面取材，使得桃花坞木刻年画独树一帜，既不失清雅又富有装饰性。

回来后，我特意查阅了桃花坞木刻年画的相关资料，尤其是涉及传承方面的举措，我看到了出自专家的这样一段话：非遗有两种类型：一种是化石类型，技艺遗产要原汁原味不掺假地保留和展示，它就像自然和文化遗产的修旧如旧；另一种是活化石类型，如戏剧遗产，在原汁原味不消失的同时输入新血液，于是有了苏州的青春版《牡丹亭》，有了上海的越剧版《西厢记》。

桃花坞年画要持续发展，就需要坞外陪同坞内一起培本开源。专家认为："首先，扩充收集和原汁原味地复制桃花坞各时期真品，进而设法复制国内外藏家的桃花坞绝品。收藏、复制和研究新桃花坞年画。其次，把当今学术领域的研究方法运用到桃花坞年画的创作中去。再进一步，可以在桃花坞基地进行'附录性'扩充，比如：收藏展示苏州以外的中国传统年画，可让人在了解苏州桃花坞的同时，又得以通观中国年画全貌。收藏展示20世纪中国新年画，可将其与桃花坞的新年画对照比较独特性和相关性。"一句话，得利用古老的图式，故事新编，旧瓶新酒。

目前，桃花坞木刻年画已作为苏州工艺美院的一个常设专业，有了固定的教学基地；艺术收藏品、旅游纪念品的开发制作成为桃花坞木刻年画社的主业之一；文化部门已开始进行桃花坞木刻年画博物馆的资料征集等工作，它将被建成传统木版年画的收藏、研究、保护基地；而我拜访过的那位老人，也收了四名新徒弟，将其培养成为桃花坞木刻年画从业人员。

总之，苏州文化部门及一群坚守桃花坞年画核心创作价值的艺人们，正努力要让这门优秀的文化遗产走向复兴之路。

写这篇小文时，突然想起那天老人将我们送出门后，我对陪同前往的当地文化部门的同志说："我失礼了。"看他不解地望着我，我说："登门看望一位老艺人，我应该带点小礼品的。"回程的高铁上我还在想，若下次去苏州，只要条件允许，我一定要带上一束花，向这位高龄的桃花坞木刻年画国家级代表性传承人房志达老人，再次表达内心的崇敬之情。

扇语

秦淮八艳之一的李香君，因为孔尚任写于 1699 年的《桃花扇》而闻名于世。《桃花扇》的各种改编戏剧中，李香君有持折扇的，也有持团扇。我上网搜了一下，才知学界就此扇，历来有"团扇""折扇"之争。作为剧中必不可少的道具，我更相信红学专家严中先生的认定，他的结论是桃花扇应该为折扇，理由不少。比如，第六出《眠香》中，侯方域在扇面上题诗后，李香君"收扇袖中"。第二十二出《守楼》中，李香君"持扇前后乱打介，好利害，一柄诗扇，倒像一把防身的利剑"。第二十三出《寄扇》中，李香君"不免取出侯郎的诗扇，展看一回"，然后又"手帕儿包，头绳儿绕"等，都指向折扇无疑。

但让国人内心嘀咕的却是关于折扇的起源。远古时老祖宗们已开始用扇，他们心思机巧，对扇子的制作自然也十分上心，扇柄常用玉、象牙、骨头、紫檀之类比较贵重的东西做成，扇面则大量使用绢、罗、绸、纱、绫等丝织品为原料。据载，唐时长安人丁缓，曾经制造过一种"七轮扇"，稍加用力即可运转，使人感到凉爽，这种扇子或许就是现今吊扇、台扇的鼻祖了。而 1975 年在江苏金坛县发掘的一把古扇，玉柄镂空雕漆，扇面由白绫制成，是中国古扇最珍贵的实物资料。可以说，中国有 3000 年的制扇历史，早已有制扇王国之称，从"羽扇纶巾"到"轻罗小扇"，其品类何止千种。尤其是千姿百态的日用工艺扇，造型优美，构造精致，融书、画工艺为一体，也形成了瑰丽的扇文化，不仅制作奇巧，更以在扇面上题诗、绘画为乐为雅。但折扇这一大宗扇品，却被普遍认为是舶来品，由日本经高丽传入。也有人辩说，《南齐书·刘祥传》中有腰扇的记载，说腰扇，佩之于腰，今谓之折叠扇，并由此断定南朝已存在折扇了。但据清人赵翼考证，所谓腰扇，是一种中腰略瘦的团扇，并非折扇。不甘心的现代研究者也有认为，折扇中国早已有之，不过比较简陋，是中国的折扇先传到日本，后被日本人加以改良，自北宋起，日本、高丽精美的折扇源源不断流入中国，才替代了中国原始的折扇，并由此认定折扇仍起源于中国。但争论一件物品的起源有时是很狭隘的，这跟争论外国的月亮与中国的月亮哪个圆一样。我想，只要有用，折扇是外星人发明的又有什么关系呢？

其实，全世界人民都爱用扇子引风消暑或当作高雅的饰物，都早早地发明了扇子这个物什。比如，古埃及人早会用棕榈叶做一人多高的扇子，主要供贵族和奴隶主使用，由身强力壮的奴隶打扇，扇子被看成权贵的象征，扇子越大，坐在扇子下面的人越是显赫。欧洲人也早早地开始使用折扇，法国作家伏尔泰还说过这样的话："不拿扇子的女士，犹如不佩剑的男子。"18世纪的英国人威廉·科克还写过有关扇子的奇书《扇学》，其中有一章专门提到小姐们用的"扇语"，说对付一个突如其来的献媚者，小姐们用起"扇语"来简直就像水兵们用旗语一样娴熟。右手使劲挥扇表示"我爱另一个人"，如果来者不开窍，她再用左手照样来一遍，意思是"你还是走开的好"。如果小姐突然让扇子坠地，聪明人就喜出望外，因为这一动作意味着"让我们言归于好吧"。至于将扇子贴近脸颊，这是"我爱你"的意思。

扇子是没有阶级性的，谁都爱使，谁都可以使，自从儒雅的诸葛亮喜欢手执鹅毛扇以后，后世的谋士、幕僚也都扇子随身，文人也都喜欢用扇子做秀，以致产生了大批"穿冬衣，摇夏扇"的人。扇子还可以用来做兵器。金庸、古龙的武侠小说中就常常有它们的身影。济公也有一把破蒲扇，跟铁扇公主的芭蕉扇一样，是一件法器。我们看电视剧，汉奸、地主老财家的账房先生也喜欢用扇子，插在后脖颈上，只是他们很少用它来扇风，倒很像他们长在后颈窝里的尾巴。古代小姐、贵妇，喜欢用绢宫扇、纨扇、罗扇（统称团扇），借扇掩面而笑，京剧《贵妃醉酒》中的杨贵妃拿把大折扇，想是形体有些大又有些胖，扇子小了不顶用。舞文弄墨、显露风雅的秀才们，喜欢拿有题字的扇子跟香闺里的小姐们交换绢帕、汗巾儿，当作调情物，《桃花扇》里的侯方域用来祸害李香君终身的，就是这么一把扇子。到现在，扇子的功用虽然不断地由电风扇和空调设备来完成，然而人们始终没有，也许永远不会丢弃和忘却扇子，不说说相声的、下棋的仍将其视作掌中之物，纯粹的艺术扇、广告扇，更成为扇域里突起的异军。

折扇，又名聚头扇或撒扇，用时撒开，收时折叠，到南宋时，因为方便实用，折扇成为扇里的主打品，而明代之后，品种日见繁多，制作也愈趋精良。制扇的众多城市里尤以苏州为胜。苏州折扇以其制作精细、富于变化著称。制扇艺人不仅根据男、女、老、少、高、矮、胖、瘦的使用对象，东南西北、国内国外的使用地区，初暑、仲夏的使用气候，借风、伴舞的不同用途，制作长短、宽窄、大小、粗细不同的折扇。精细到什么程度呢？举一个例子就可以说明：折扇都有扇头钉盖，即使微如粒米的扇钉，制扇工匠也能在其上烫出种种花纹。

所以，一提起扇子，人们首推苏扇。苏扇也因此成为苏州的特产或标识。

苏扇包括折扇、檀香扇和绢宫扇三大类，统称为"苏州雅扇"。明清以来，主要在苏州及周边地区广泛流传。苏州雅扇集各种精湛工艺于一身，包括造型、装裱、雕刻、镶嵌、髹漆等。它们把吴地的山山水水、花鸟人物浓缩绘描，其精湛的手艺构成了吴文化中绚烂多姿的篇章。其中，苏州折扇又称"吴扇"，其扇骨造型艺术丰富多彩，扇头造型达百种之多，主要为圆头、方头、尖头、玉兰头、竹节头等。扇工还运用磨、漆、嵌等技艺，千变万化，极尽巧思。由此，也让苏州折扇不只是生风用具，更成为人们收藏的珍品。

到了现代，檀香扇成为苏扇里最著名的扇品，名扬海内外。檀香扇由折扇演化而来，扇骨采用檀香木制成，一扇在手，香溢四座，有"扇存香在"之誉，盛暑可以却暑清心，入秋藏之筐中，有香袭衣衫、防虫防蛀之功效，保存十年八载，依然"日日花香扇底生"。檀香扇小巧玲珑、华美精致，现代更多地专用于女扇，适宜珍藏或作高档馈赠礼品，然而早期的檀香扇却是男式的，它基本上模仿竹骨纸折扇的规格及式样，只是以檀香木篾片局部或全部替代竹骨。

在这里，不得不提一下苏州的檀香扇厂，这个厂也是当今中国制扇业中最负盛名的檀香扇产地。20 世纪 50 年代中期，苏州檀香扇厂已被列为首批对外开放单位，1989 年，该厂还被批准为"江苏省国际旅游定点商店"企业。那天，我有幸参观了该厂的生产车间和产品展览室，其产品精美典雅，当真令人惊叹不已。

粉面识得藕薯葛

与我们生活在一起的祖母，是从宁波四明山的大山里走出来的。她说着一口土土的余姚山里话，日常吃食也很有山里特色。比如，土打菜笋干系列、土豆系列、梅干菜系列、臭苋菜梗臭冬瓜臭豆腐系列。山里生活不方便，除了自产的笋与土豆等，平时只能吃吃腌货。

但也有美味，让我现在想起来都非常怀念，如我祖母经常端上桌的家常菜笋干粉丝汤，那道菜不用放味精，也不放油，却鲜香得要命。那粉丝就是由番薯加工而成的番薯粉丝。这道菜也算是山珍了，笋与番薯都是山里作物，特别相配。用粉丝能做许多菜，粉丝用水泡软了，弄点肉末炒一下，淋点酱油，起锅前撒点葱花，在肠胃里总少了油水的孩童时代，那就是人间的极品美味了。

从番薯到粉丝，中间有个过渡却独立的产品，就是我祖母习惯叫它山粉的番薯粉了。销售山粉也是山民创收的一个重要途径，山粉家家户户都必备，最大的用处是做菜时用来勾芡。

山粉真的很寻常，生活在山里的表哥表姐们，在角角落落都种着轻易就可以有很好收成的这种名叫番薯的作物。

但我最爱的山粉吃法，是用开水冲着吃。那也算是儿时的零食了。一大调羹白白的山粉放入白瓷碗，加点白糖，先加一点冷开水，小心地化开，然后冲入滚烫的开水，用筷子往一个方向搅拌，看白白的汤汁慢慢转成焦糖色，一杯甜甜的山粉就冲好了。这样的糊糊平常不得见，偶尔吃得上，经常是我得了祖母的什么青眼了，才会被准许泡上一碗。所以吃的时候总会特别不舍得，会去慢慢享受吃的过程。穿过多年的时光，我似乎还能看到一个小女孩，脸上好几斤的幸福陶醉，慢慢地转着碗，用小调羹一层层浮面刮着，小口小口地吃着，仿佛将人间的甜蜜都吃到骨头里去了。

那时不知道山粉还可以做出各种点心，如甜冻糕等，只是这些点心都要用到糖，凭票供应的糖，生了肝炎的病号才能加配的糖，那可是稀罕物。唯其稀罕，平时很少吃，才让我至今仍回味着。那时候我真的年少无知，不知道还有一种叫藕粉的，外形与番薯淀粉相差无几，也可以用相同的方法冲着吃，味道也一样好。那样的吃食，正在西湖边等着我。

如果说山粉是山里土味，那藕粉则是小家碧玉了。尤其是西湖藕粉，作为杭州市的一种名优特产，旧时是皇家的"贡粉"。藕粉在杭帮菜里属必不可少的调料，但更多的是纯粹用于日常冲调饮品。比起土土的番薯，藕可是圣洁高雅的荷花的茎，莲花观赏、食用都不是俗品，经特别加工制成的藕粉，也身份不薄，营养价值高，冲泡饮用，口味清醇，能生津开胃、养血益气，特别适用于婴孩、老人、病人。写到这里，我脑子里浮现的画面是一种有着极细的手指、极长的指甲、披着绫罗绸缎的身子的叫太后的生物，正端着一小茶盅冲得浓淡适宜的藕粉，捏着一把纯银的小勺，极尽慵懒地吃着。

后来又认识了与山粉、藕粉差不多同类的葛粉。如果山粉是土妞，藕粉是小家碧玉，那葛粉就是市井女子，也许相对更有用。它不像番薯只用于吃，不像藕，除了吃还能观赏，葛这种植物，可是对人类的生存繁衍起着更大的作用，茎可编篮做绳，纤维可织布，块根肥大称"葛根"的，可制淀粉，亦可入药（通称"葛麻"），人类生存的衣、食、住、行，它可是占了两样。

虽然葛在江浙一带也出产颇丰，但我第一次活生生地看到葛这种植物，却是在江西横峰县的葛源镇。那天天气乍暖还寒，大地仿佛初醒，那么多藤蔓满山满坡匍匐着，虽不见绿叶却生机内敛。带我们游览的企业老总拿着锄头在地里示范性地深挖，那些完整的粗大根茎，就像埋在地里的黄金被翻出来。我们还现场观看了当地乡人最原始的处理葛根的方法演示，只见他们坚实的臂膀高高举起堪称巨大的木槌，捶打粗大的葛根，然后在清清的溪流里淘洗取粉，整个劳动的场景，皆是说不出的野性和野趣。

当然，那样的劳作里还有一份浓郁的诗意。这诗意也是我们熟悉的。《诗经》里就有这条藤蔓，起伏蔓延，而且就只与葛有关："葛之覃兮，施于中谷，维叶萋萋……葛之覃兮，施于中谷，维叶莫莫。"（《周南·葛覃》）这首诗写出了葛之用：用葛做成的衣服"服之无厌"。同样，《诗经》的《王风·采葛》说："彼采葛兮，一日不见，如三月兮。"还有《唐风·葛生》里说："葛生蒙楚，蔹蔓于野。予美亡此，谁与独处！"都是以葛之用、葛之态，来喻极端的思念。

诗人墨客用"葛"来表情达意的更多了。我在此列举几位。李白曾有《黄葛篇》："黄葛生洛溪，黄花自绵幂。青烟万条长，缭绕几百尺。闺人费素手，采缉作絺绤。缝为绝国衣，远寄日南客。苍梧大火落，暑服莫轻掷。此物虽过时，是妾手中迹。"杜甫自然也会写到葛，那是他在唐乾元二年（759 年）担任左拾遗时，端午节唐肃宗赐给他细葛布、香罗丝衣各一件，杜甫当时肯定太激动了，立马写下了《端午日赐衣》："宫衣亦有名，端午被恩荣。细葛含风软，香罗叠雪轻。自天题处湿，当暑著来清。意内称长短，终身荷圣情。"李贺也有葛诗，他的"大带委黄葛""石云湿黄葛"是对故乡的记忆，他的"葛衣断碎赵城秋，吟诗一夜东方白"更是绝唱！

自然，一根诗意的藤蔓，只有连接起诗意之外的经世之用，才会找着落点和价值。"葛"，东汉许慎《说文解字》解释为，絺（chī）绤（xì）艸（cǎo）也。这种由絺绤制成的衣服生活中很早就有了，远古时葛天氏部落首领就会利用葛这种植物纤维造福部落之民了。如果传说不能实证，那么，20 世纪 70 年代，江苏吴县草鞋山发掘出的三块制作于新石器时代，在今天看来依然技艺精湛的葛布残片，则成为我国从六千多年前就已经开始利用葛的可靠证据。

另据记载，周朝时，周天子在中央设立"掌葛"官职，负责征收和掌管葛麻类纺织原材料，并有了"山农"之葛（织葛布）和"泽农"之葛（供食用）的区分。汉朝，解表名方"葛根汤"就被张仲景收录在《伤寒论》中。我国最早的医学专著《神农本草经》记载了葛根的性味和功效。明朝的李时珍对葛根更有系统研究，认为葛根的茎、叶、化、果、根均可入药，他在《本草纲目》中这样记载："葛，性甘、辛、平、无毒，主治：消渴、身大热、呕吐、诸弊，起阴气，解诸毒。"与此同时，以葛麻为原料制成的"阑干细布"也销运到今天印度、中亚和西亚一带。

葛这种实在、实际、实用的植物，仿佛神赐，在生活中太重要了。自然少不了许多民间传说。流传最广的两则都与修道炼丹的葛姓先人有关。一个说的是东晋升平年间，著名的道教理论家、医学家、养生家葛洪在茅山修道炼丹，有一次在梦中受仙人指点，进山找到一种"青藤"，用锤敲碎，挤出白浆，煮熟后给身体不适的弟子们喝。另一个说的是三国时期吴人葛玄，在许多地方修道，都发现当地百姓喜用一种植物的根茎充饥和防病治病，便一边炼丹采药，一边研究这种植物。这个传说将葛的命名专利给了葛玄，葛玄本人也被民间尊称为"葛老"。

葛属植物在我国国内共有十一种，分别是野葛、粉葛、食用葛、峨眉葛、云南葛、越南葛、三裂叶葛、苕花葛、狐尾葛、思茅葛和掸邦葛，分布也广，天南地北都有。但所有的葛属植物都有一个共同的特点，那就是生命力极其旺盛。想想也是，一种植物，可以吃、可以用，从古至今，福泽于民，如果没有顽强的生命力匹配，如何经得起世用？它的生长状态可说是配得上"蛮""茂"与"宝"几个字：它不与粮田争地，就长在荒山野岭，性抗寒耐旱；它花开婀娜，藤蔓茂盛，块根硕大；它全身是宝，与人参齐名，食药同源。

这兼具物产之用与物产之美的藤蔓无疑是强劲的。有一年我去四明山老家，特意让我几位老表陪我去找野生的葛。好不容易找到两棵疑似的小小的葛。能找到其实真不容易了，这里满山遍野都覆盖着各种经济作物，他们太勤快了。没被除干净的葛，也被归入生命力强劲的野草，在年年的春风里一再吹生吧。

极端之水

生性特别活泼、一方愿打一方愿挨的仨家伙碰上了，正负相吸，从此相互紧紧地牵扯在一起。生命因此得以生存和滋润，天空因此有了云彩和彩虹，大海因此壮阔，江河因此浩荡。还有飞瀑、静湖、美溪，还有人间的相濡以沫……

没错，我说的就是两个氢原子与一个氧原子组成的水分子。超稳定的化学结构，让我们感觉，水就像一个宽厚之人，稳重、温和、可靠、值得信任。造物主也许正因此拿水当作了最主要的原材料来缔造生命。不光是原材料，他的设计里，水也成了维持生命正常运转的首要条件。

好脾气的、常态下快乐地淌来淌去的水，自然也成了地球上最大的溶剂、最好的混和物。溶来混来的，就弄出各种各样的水来。

混了酒精，就是酒水。混了药，就是药水。如果脏物混得多了，就成了污水。

说起污水，我就会想起"五水共治"里对五水界定的一个笑话，"五水共治"指的是治污水、防洪水、排涝水、保供水、抓节水，但百姓不太知道，他们只知道水得治理，自然认为"五水共治"治的是海水、江水、河水、湖水。数来数去少一水，加上溪水正好。

污水算是水的一种极端形式吧。它让品性优异的水废了，所以该治。

酒水也应该是一种极端之水，这是水与其他物质的混搭里最美妙的。

酒水在生活中是快乐的润滑剂和烦恼的释放剂，生活中无酒会多无趣。我想，若无酒这饮品，抑郁症一定会比现在的比例再高上五成。有时我也会为水抱憾，水与别物混搭，常常隐在后面，命名就没水的份了。就说水与酒精混，叫的是酒，混合的比例也以酒精的比例为准，比如52%的白酒绝不会被叫作48%的水。这也因水的性子温和，不显摆，与酒在一起只露酒性。这种与别的物质在一起显别的物性的性子，像极了一个被动的嫁鸡嫁鸭就随鸡随鸭的软和角色。

在水里下了毒的毒水，也是一种极端之水。

在这里，水是配角，是帮凶。生活从来不缺真实的下毒剧情。将无色无味的毒药弹落他人杯中，既害人性命，也污了水的清白身子。也有将毒下在药汁里的，下毒的人使的总是暗招，肯定认为，光用水来伪装还不够，还得用补药、好药来做毒药的引子，如将砒霜下在汤药里。《金瓶梅》里的潘金莲就这么干了。这也是古代的女子谋杀亲夫最常使的毒招。

泪水，肯定也属极端之水。

泪水是咸的，流泪是人类从史前一直保留至今的一个本能行为。据说泪水的成分与海水差不多，这是否可以成为人是从海洋里爬上来的一个有力佐证？虽然泪有欢喜泪，但人们还是排斥它，因为伤心泪更多。看女人落泪，男人心就软，女人的泪水里有软化剂。男人流泪更不得了，女人面对男人流泪，会手足无措，觉得世界都要崩溃了。泪水这种天然的带着对软心肠巨大杀伤力的水，便常常成为传说里最感人的部分。我游玩新疆伊犁州的赛里木湖，据说那湖水的咸度与眼泪的咸度相近，人们都说，这些水就是远古时期一对失意恋人伤心的泪水流淌而成的。

再说"相濡以沫"这词。沫，在水的范畴内，也是一种水。但沫就像水被榨干了后的样子，如果用"水渣"来形容相濡以沫的沫，当很形象。"相濡以沫，不若相忘于江湖。"这话每每会让我感慨自己的情感，这方面我常会拿自己的水瓶星座说话。

水瓶座是一个虐心的星座：别人虐我千万遍，我待别人如初恋。水瓶座的星座图就是一个瓶子，瓶里的水从洪荒一直倾泄到现今，估计一时半会儿也不会停。这似乎是付出型情感方式的宿命。如果阿Q一下，就会觉得这种付出有一点悲壮，有一点自我感动。当然在不同的生命阶段，为对方付出的方式很不同。比如，年轻时我爱做白日梦，总会在脑子里杜撰一些突发事件或灾难，然后我以一小女子之力挺身而出，最好拼了性命，只求心中的男神洒一滴感动之泪。后来很长时间又很向往相濡以沫的爱情，总希望有人愿与我共渡人生劫难。自然，同样吐水沫，我可以吐得多些甚至呕心沥血。

我自问，从单纯的献身抵达相濡以沫这种相互支撑的境地，爱情观仿佛从奴隶制一下子跑进了 AA 制，这是否一种明显的成熟？现在我年过半百，心已很少颠倒，偶尔遇上特别欣赏崇敬又投缘之人，已很坦然地抱定"不若相忘于江湖"之想，各自在自己的天地里妥妥地三餐一倒，不想再去攻艰克难。偶尔有所思，反而又回归于少女时，想着若有千万分之一的机缘，还是愿意当一回女汉子救一下老须眉的。

还有一种水，与道德扯不清，这样的水自然太多了。比如，坏水。说人坏，不说其他的，单点明了他肚子里装的是坏水。比如，夸女子性子绵柔如水。比如，用来比喻人品道德甚至国家大政或根基的水。

老子追求的道德境界，就是一种好水，"上善若水"。他给出的理由是：水利万物而不争。这个论断又回到了本文开头对于水的定义。

"水能载舟，亦能覆舟。"这句话是荀子说的。有一次，李世民与魏徵讨论治国之道。魏徵就搬出了荀子，说皇帝就像一艘漂亮的大船，人民就是汪洋大水，大船只有在水中才能乘风前进，但水能载舟，也能将船弄翻。

如此这般的道德之水，自然也是极端之水。

行文到此，忍不住说说我独爱的老家之水。我老家在四明山大山里，每到节假日，几位同辈的亲戚总会来约我一起回乡游玩，登高望远，赏百里竹海，游千年古桥，戏跌宕溪流，尝石蛙溪鱼，品高水绿茶，真是人间美事。其中有一个必做的功课，就是备上几个大的水桶，装上满满当当的山泉水，放后备厢拉回。那水甘洌清澈，泡上等茶得上上味，泡中等茶得上味，煮了喝，真的像浙江省某著名水品牌广告语所说的"有点甜"。这样的水自然是有商机的，余姚老家就有好几家出产矿泉水的企业，专门开发山林深处的绝世好水，生产优质的深岩层自涌矿泉水，我这里不做广告，若读者朋友碰到产自浙江余姚的矿泉水，希望你们一定不要错过。我老家的水，可是经过严格检测，认定为富含偏硅酸、锶、钙、钾等多种有益于人体健康的微量元素的好水。这样的矿物质水，也是水与其他物质绮丽混搭后的产物。水的品质因此达到了饮水里的极致，自然也应纳入我视野里的极端之水。

只是这样的水，去山中自取总太费事，好在有家乡企业代为出产，那就买着喝吧，贵则贵点，还能喝得起。这样的极端之水，喝的是自然，喝的是健康，也值了。

人间

特别重情重义的，我将他们归于酱香型酒，我总以为酱香型酒那种浓烈醇厚的味道，像一种特别包容的情感，喝得再多，也不让人头疼。热情奔放的朋友，大致是浓香型的，那样的酒一口下去，你就会被一种激情所带动。而看上去高雅脱俗的朋友，那就是清香型酒了，让人大呼"此种芬芳不在俗世，此种情致只在天上人间啊"。而性子特别包容、特别豁达的，就该归类于兼香型酒了，那真是一杯在手，兼怀天下，滋味悠长呢。

一夜两吹风

一

吹风的时候适于淘些旧纸上的事吧。

就说秦少游与苏小妹。

秦少游的词被推为婉约派一代词宗,"两情若是久长时,又岂在朝朝暮暮"。或因身世感伤,最懂一个情字,所谓心有最柔软之地。秦观与苏轼相识时已29岁,早已有妻叫徐文美,他与苏家女儿从未有过任何交集。

苏小妹也是有原型的,是苏轼的姐姐苏八娘,她16岁嫁给表哥,只用了两年时间就被虐死。老父亲苏洵在八年后想起爱女,仍愤怒并自责得直想撞墙:"五月之旦兹何辰,有女强死无由伸。"

或许源于对苏八娘的同情,婉约的秦观被人想当然地认为是会疼人的,他与凄凉的苏小妹就被编造为郎才女貌、琴瑟和鸣的一对了。也算天地一绝配,不是吗?

这个桥段有点熟悉。梁祝传说也是这样的。梁山伯本是鄞州的一个县令，有墓、有真相、有记载，他有斐然政绩，有百姓口碑。而祝英台出生于梁山伯两百年后。民间出传说。传说里的爱情就不要论什么时间、空间了，也不要论什么生死，觉得美好就凑一起了。美好就行。

似乎潘金莲与西门庆也是被这样传说和书写的。只不过不是出于同情和美好，而是恨意。施耐庵这样写潘金莲，得有多恨才下得去笔墨！

苏八娘不幸是因为嫁给了渣男表哥。我盯着"表哥"想了一会儿。表哥是个什么生物呢？貌似表哥表妹在一起结的都不是善果吧。

陆游与唐琬不也如此？现在，绍兴的沈园成了失恋人士的打卡之地。两首《钗头凤》，两头伤心。但一头是真伤心，很快就香消玉殒了。另一头细究之后就有些呵呵了。

真有些心疼男二号赵士程。他身世显赫，因真爱娶了不孕不育的唐琬，三年相识，十载相守，终身唯唐琬一妻。而放翁兄你早又娶妻生子，为何相逢要填夺命之词？

表哥罪无可赦。

想起另一个作怪的表哥，那是越剧《碧玉簪》里的顾文友，他因求婚不成，将伪造的情书与设计得来的表妹玉簪，一起放到了新房内。玉林与秀英的幸福之旅，出现了漫长的停顿。

"山盟虽在，锦书难托。"好吧，这些表哥中有不少在内心确实对自己的表妹情意深重，于情于理，我最终还是原谅了那些表哥。

秦观在《题郴阳道中一古寺壁二绝》有句："北客念家浑不睡，荒山一夜两吹风。"我兴起一改："表哥浑不睡，一夜两吹风。"

二

那年与静之师等坐在礁石上吹海风。大伙有一句没一句的，说过就忘了。只记得他提到的一句话："大海呀，我走了，你还蓝给谁看？"当时被惊艳了。现在想想，仍惊艳。

那是在普陀山。同行的有寺里的挂单和尚，他出家前是作家，出家后还是作家，一早一晚总会领着我们去看海。他用好听的男中音唱大悲咒。浪声被压下去了。世界好安静。大海蓝得出尘。

梅艳芳唱的就入世了，入世太深："今夜还吹着风，想起你好温柔。"

我一闺密大醉后醒来头一件事，便是电话同餐好友：我是不是出丑了？说什么不当言辞了？那人说，没没，挺正常的。只是……

只是什么？快快，急死个人。

只是你的眼神，看上去特孤独。旷世的那种。

那时她肯定又在想他。看微信，果然有记录。

"怀抱呢?"

"在!"

后面跟着两个拥抱的表情。

一时怔忡。复又戚戚。

悟空说:人生最痛苦的事莫过于一阵风吹过后,猪在呢,马在呢,人不在了!

是时间将人变没了,是距离将人变没了,事实是,是妖怪将人变没了。或者对她来说,人是在的,却不是那个人了。

那个满心满眼都是她的人,那个能让亲吻深入骨髓的人,那个千山万水能来看她,只为给她一个拥抱的人。

当时是如何将一个大活人装入心里的?

分三步吧。把心打开,把人装进去,再把心关上。

现在,她的心是一个冰箱,里面装着一头孤寂的大象。

一生应该能遇到八千人左右,为什么独独选了你?李易峰唱:"伤心是一封寄给青春的信。"

三

一朋友在江边吹风时,收到友人微信:想你了,我去找你抽支烟。

那人真的开了两小时的高速,找到了等在江边的人。没说啥,就在风中对着火抽了两支烟。又开车走了。

人生多的是无语。无语里有大无奈。能外出吹吹风是幸福的。

有一次突然读到了萧红。我是将她当作传奇来读的。这个未婚先孕、被男友抛弃的落魄女子，遇见他时，大着肚子，蜗居在仓库，吃不饱饭，还欠着旅馆六百多块钱。什么也没有的她，对爱情还充满幻想。

俩人没钱就啃黑面包，有钱了，一起吃肉，一起喝汤，一起喝酒。

然后是生活的苟且。苦难，背叛，暴力，时间磨盘无情地碾磨。

除了才华，她真的一无所有。仿佛画了一个魔圈，她离开他时，仍怀着身孕，四个月。

家门口的银杏叶又堆起来了，风吹着它们，在夜里有很大的声响。

今晚，老娘该入睡了吧。人老先老腿。九十三岁的老娘在十二层独居，喜欢做的事是望着楼下的车水马龙，数过往的汽车。今天数白的，明天数黑的。她怕老年痴呆，这是她自以为是的智力训练。

她有一小姐妹，中风了，吃喝拉撒全在床上。久病床前无孝子啊，为了少收拾污乱的床单，家人就只给她一点续命的吃食。她饿。老娘去看她，她费力地指着嘴，呜呜呜呜着，是饿狠了，想要吃的。拿出点心给她，却被拦了。爱了一生的老伴说："别让她吃，害我们。"

老娘说起来就表情恐惧，她感同身受了。

回忆里总有难过的事。还记得那年除夕，姐姐不见了，她谈了一个男友，却不被父亲认可和接受。为了对抗，被骂了后就找不见人了。

"没教好女儿是你的罪过。你负责去找。找不到不许回家！"

我陪着泪眼婆娑的母亲，满大街晃荡。夜空荡荡的，只有风横冲直撞，只有路灯晃着母女俩拉长又缩短的影子。

"妈，累了靠我身上，省点力。要不闭眼吧，闭眼跟着我走。"

"再走一会儿，我带你回家吧。父亲的酒就该醒了。"

那一年我读初中。我也想离家。有一次走得有点远，风吹得很大，也很冷，是除夕那晚的风，又吹回来了。我理理乱了的短发，就回头了。

人间温暖

一

生不带来，死不带去，是一种豁达。但想来想去，光光地来光光地走，这也是一种为人的狼狈吧。人真不如狗，好歹狗带身毛吧。据说人原本也是有的，只是进化掉了。干吗要进化呢？毛多有用啊，长长的，软软的，天当被、地当床的，方便、实用、暖和。还纯天然，在隔绝有害物方面大抵能顶上半件防护服吧。

许是扛不过冷，只能往身上套乱七八糟的东西。最多的是动物的皮。掠夺多了，遭报应了。上苍说：看把你们能的。达尔文说：进化是法则。上苍说：既然用不上毛，我就收走吧。

也不是没毛，还有细细的毫毛呢。太聪明的物种用不着太多的身外之物。有毛的猴子若进化，也没毛了。比如，唯一化人的孙行者，也同样只有毫毛。玩大变活人时，吹的就那东西。

所以孙行者在花果山当齐天大圣时，就与猴儿们不一样，他穿衣服，因为他不想玩得很嗨时走光。动画片《大闹天宫》里的孙猴子，红衣黑裤，线条流畅，紧身健美，像新款保暖内衣，比后来叫孙悟空时穿的僧衣炫多了。

当然，都是自然逼的。天太冷，风也太大，上天给的皮毛不够暖和。取暖是一个大问题，吃饱穿暖，穿暖是第二生存要素。穿暖与吃饱是并列的。

茹毛饮血是因为饿，夺了动物的外衣是因为冷。这件事人类做起来理直气壮，很达尔文。只要你愿意想象，就会看到原始大地上，一大群先祖满天下追着那些可怜的肉块，他们得追过饥饿、追过寒冷，"断竹，续竹；飞土，逐宍"。意思是：站住，我们的肉！站住，我们的衣！

这一定是人类最早的衣裳。但不够用，还不能四季通用。

不是还有植物吗？

先是树叶，接着大麻、苎麻和葛织物就上场了。后来人的脑洞越开越大，毛、羽和木棉纤维纺织织物、丝麻纤维纺织织物都出现了，后来又有纱、绡、绢、锦、布、帛。后来是尼龙化纤。小时候穿过一种衣叫的确良，还穿过卫生裤，其实都是化纤，不透气，所以保暖。

人是视觉动物，衣服暖了，还得好看。所以，后来印染工艺就发达了。与爱美的孔雀不同的是，人类同样穿得五彩缤纷、花枝招展，但坚决不露屁股。

二

都市里的年轻人为还上压力山大的房贷每天奔命，原始人则混得不要太轻松。轻松是因为不讲究，也是没法讲究。风吹得冷啊，雨淋了冷啊，他们要有遮风挡雨的地方。我们挖洞吧，向地老鼠学习，向大狗熊取经。世界太大，我爱挖哪儿就是哪儿。

《韩非子·五蠹》云："上古之世……构木为巢，以避群害……号之曰'有巢氏'。"

"今晚来我的穴居吧，有肉条！"

"今晚来我的巢房吧，有鱼干！"

房子为穿上衣服的人又加了一件大外衣。晚上穿，白天脱。人不是蜗牛，没法将房子穿在身上。

一脱一穿，一天就过去了。脱脱穿穿，一辈子就过去了。

能再穿得更舒适些、更体面些吗？那就讲究吧。讲究是一种文明病，美好的病。穴居、巢居不行了，就来井干式、干栏式、穿斗式、抬梁式、斗拱式；就来木头房、土房、瓦房、砖房。人心扩了大了，房也跟着扩了大了，四合院、楼房都上吧。"安得广厦千万间，大庇天下寒士俱欢颜。"

温暖指数节节攀高。

我几次到过河姆渡，对着那些仿造的干栏式先民集居区，对着里面用硅胶或蜡像再现的先人逼真的劳动和生活场景，久久挪不开脚步。若人有前前前前生，我是他们中的谁？哪两位是我的父和母，哪个孩子由我孕育？漫漫黑夜里，又是哪个人给了我怀抱和温暖？

再原始的生活，一个男人与一个女人在一起，肯定也是因为喜欢吧，喜欢就是爱。

"让你我共享食物。"

"我将翻山越岭，为你采撷那朵香甜的花儿。"

"我愿意为你生猴子，一堆的猴子。"

"我会抱紧你。在衣服和房屋之间，我的怀抱是为你独添的爱裳，按你的心灵裁剪。"

"若你死了，我就是那个为你掩埋的人。"

食物与花与拥抱，就是喜欢和爱。掩埋，是生命最隆重的仪式。

那时候的人，还没进化到灵魂与肉身分隔吧。

"谁先走，就待在最后那个温暖的地窝里，全身心等着。"

三

还是刺骨的冷。

清人李渔在家里《闲情偶寄》，写到了取暖。

他想到了取暖桌椅。

他一定认为书桌与书椅是一体的，就像他的戏与唱戏的小姬、听戏的客官是一体的。这个一体包含着整体的意思。由此引申开去，他一定也会将他的文字与读者凑成整体，将他对于足食丰衣的设想与上流社会的奢靡凑成整体。

为什么有那么些声音不同频？他辩解，他申诉，他写公开信澄清。

这个混得有头有脸的人，设计的取暖桌椅其实就是在桌椅里多藏几格活动抽屉，在踏脚、臂搁、腹背等处，将烧炭暖炉置于其中。他的设想在我的理解里就是，那桌椅内部像关节一样是打通的，当炭火烧起来，热气就在桌椅内循环，像血液走遍人体。桌上不再上冻的墨汁看上去也会比往日多些灵动。他安坐其上，取暖、著书两不误。

"可享室暖无冬之福……砚石常暖，永无呵冻之劳。"他真的做出了这样的桌椅。就像他真的让家庭的戏班子，唱迷了大半个神州，就像他真的过了很长时间的暖日子，身暖腹暖情意暖暖。

还是刺骨的冷。

我看到黛玉坐在床上咳血，紫鹃拿着一块诗帕，为她擦拭。呕心沥血的诗与血，也构成一个整体。宝玉是块暖玉，她咳血的时候，这块暖玉在别处，在命运的手里。

我还看到一个女人，两个女人，许多的女人，从冷衾里钻出来，颤抖着，捡拾寒夜的床前撒开的一地铜板。她们想用身子的困顿对抗无边的寒冷。夫婿何在？千里之外挣银子呢。如果她们捡拾的是一地碎银子而不是铜板，对抗的力量是否会更强些？

大先生少年夜读时，每当难耐寒冷，就会摘一个辣椒，放在嘴里嚼着，直辣得额头冒汗。那串辣椒，还是他在江南水师学堂读书时，用学校奖励他的金质奖章换的。这是流传很广的名人励志故事，记录在案的。而大先生着单裤，抖腿御寒的事，我是偶尔听一朋友说起的。这个我也信，许多人这么干过。

现在正是冬天，我待在地暖房里，想起李渔，想起大先生，想起那些冷在骨子里的女人。为什么又想起我北方的一个朋友？欠账、订单，生病的老人、叛逆的孩子……他想去焐热一团糟的日常，但谁去焐焐他？为何他任劳任怨的样子独独让我心疼？

我想对他说，你试试，能否将生活的一地鸡毛归整成一个温暖的抱枕？

如果可以，如果能，我会为他缝一个枕套，纯棉的，双人的。有一天我或许会去看他，与他头挨着头，说说取暖的事。

四

与他头挨着头，说说取暖的事。那些事一定得轻松点。不说进化，不说伤情，不说种种无奈。

那就说说我小时候的冬天。说说我冬天记忆里的一些场景。

那时候真冷啊，每年都会有几天大雪封门，滴水成冰的日子就更多了。早起，家家户户屋檐上，会挂着或长或短的冰棱子。

一个穿着笨重棉袄裤的女孩，坐在自家的木门坎上，望着屋檐上那些冰棱子出神，它们多么像冰糖啊，看着想着就满嘴跑口水。

还是那个女孩，用棍子在水缸里破冰，取下一块圆镜似的冰玻璃，在长长的巷子里欢快跑着。她总会摔上一跤，然后镜面跌碎了。她并不哭闹，碎了，冰不就更多了？用脚踩着那些碎块在青石板上滑翔，冰就化了，冷也不见了。

小学堂下课的十分钟里都是她的疯，跳皮筋、踢键子、拍皮球、丢沙包，或者与小伙伴们用身体碰来撞去。每一下撞击都带着暖。

疯的后果是，汗收起来时，课也上到一半了。汗湿过的内衣、棉鞋，似乎与寒冷串通一气，接地气的冷！在课桌下她暗暗磨着脚。摩擦生热啊，她信。手僵了，握不住铅笔了，暖手的法子就是压在屁股底下，将手压成薄片。

晚上回家，早早地被赶上床，湿棉鞋将快熄的煤炉子团团围上。脚上几个冻疮，在被窝里一暖过来，痒就来了，满脑子顶不住的痒。使劲想想白天丢失的彩色大弹珠，用心疼压压。

冷被窝里的取暖物件，有祖传的铜暖婆子，有橡胶热水袋，家家只有一两个。替代品是灌了热水的医用盐水玻璃瓶。女孩家房子不大，子女多，两个孩一个被窝，小人儿睡觉不踏实，到半夜，突然被一阵湿冷冻醒。谁尿床了？迷糊了一会儿明白过来，是两个瓶子撞在一起，破了。

睡前故事是奶奶的淘古。有一次她说到后娘，说一女孩死了亲娘，爹娶了个拖带妹妹的后妈，冬天时，女孩穿一件厚棉袄，妹妹穿一件薄棉袄，女孩喊冷，爹就骂，穿那么厚，还冷，真是贱骨头！一天，女孩子摔了一跤，棉袄破了，露出里面的芦花，爹再去摸妹妹的，却是丝棉。

听故事的女孩心里暖暖的，她有亲妈疼呢。有对比，比赢了就是快乐，这也是一种取暖吧。怪不得那时候的老师老爱转述那句话：全世界还有那么多人生活在水深火热之中……

小时候的事可以说很多很多。说到最后，我还会对他多说一句：瞧，再冷也没后妈冷！你不是也没后爹吗？

然后回返。进家门前或许可以再想象一下，北方漫漫长夜里，那与他真正相拥互暖、互为整体的人。

行走的桃花

雨很大。雨中七零八落的桃花，让人莫名心酸。

我走下坡，敲开一座有些孤立的亮着灯的田舍，看见灯下酒意明显的对饮者。

站起来迎向我的就是桃花。我知道她，桃乡这一带有名的种桃者。她说："今天你是第二个前来避雨的外地客。你也是迷途羔羊吧。想留下来吗？"

看我一时语塞，她笑得开怀："一个也是收，两个也是收。我这里的食宿费可不便宜哦。我可是大灰狼。快，乖乖地来陪吃陪聊，到时候有减免！"

我坐下来后，碗筷摆好，澄黄的酒液满上。她对她嘴里的另一只羔羊说："崔大叔，接着说你的事。新来的羔羊看上去也是一个聪明人，现在出主意的人多一个了。"

被叫作崔大叔的，硬朗的脸上突然浮上了一丝可疑的羞涩，明显与他的身材不匹配。他说："我可没什么事。我还是讲崔护吧。"

"拉倒吧。我百度一下就知道了。再说，你也不是崔护。"

"我姓崔，说不定是他多少代孙呢。"

崔大叔说："百度上说的是一回事，我说的是我自己信的。"

不等大家认可，他顾自说上了："都说崔护在都城南庄遇见的那个姑娘叫绛娘，思念成疾，已一命呜呼了，却被赶来的崔护从黄泉路上唤回来了，后来就成了崔护的妻子，她助崔护进士及第，官至岭南节度使，相当于现在的大军区司令员吧。"这故事说的是一个相遇、寻找、再寻、苏醒、缔缘的传奇，世称桃花缘。

"萍水相逢，少女对其用情如此之深。这都是才子心中的浪漫梦想。实际吧，桃花是有的，茅屋也是有的，紧闭的柴门也是有的，但没有少女，没有死而复生，没有娇妻美眷，都是诗人的想象。"

桃花一仰首，将一小碗酒喝干了，抹一下嘴，说："你是埋汰你祖上呢还是埋汰诗呢？你祖上的好事你不信，你咋不盼着人好呢？人间传了那事多少年了，那事就是真的；那诗传了多少年了，也一定是真的。假的也是真的。"

这一场酒一直喝到月上岭顶。桃花的母亲来催了好几次。但桃花似乎还意犹未尽。

她对我说："来单独看桃花的人都是心中有事的人。"

"我发觉有事的人应该是你。"我说。

桃花笑着，不说话。又喝了一会儿，各自回房前桃花说："人啊，总习惯自个儿折腾，说不定什么时候一顺手，就把自己也搞死了。哎，我最后给你们讲个段子吧。四个人去旅行，第四个人打算杀掉所有的人。在一个月黑风高的夜晚，他提着刀，走向第一个帐篷，手起刀落，人死了。他觉得杀人并没有想象中那么难。于是他又接着杀了第二个、第三个、第四个。正当他要收拾残局的时候，忽然觉得有什么不对劲……"

回寝房时，我还在想着她这个令人悚栗的段子。

二

雨下了一夜。晨起雨收，我又一次窜向桃园。桃花落了一半留了一半。

都说桃花最喜微风天，有利于授粉。

跟过来的桃花说："没事，桃花开的时候，江南正是多雨时，出几天太阳，今年的桃子仍能结得很好。夏末秋初时，你再来吃桃子吧。"

我说："我还是想订你的桃花酿。听说你每年只酿一百瓶，埋地里一年起出，紧俏得不得了。"

"其实不止一百瓶。做广告的噱头，你懂的。"

她冲我眨眨眼，仿佛在夸自己狡猾或聪明。

她朝渐渐大起来的太阳眯了眯眼，又说："也真的不多做，忙不过来。那么大一片桃园，你知道打理起来会有多少事。桃花酿我自己也喜欢喝，我外婆、我妈都喜欢，所以，会多做一点，至少得管自己喝够。"

桃花看起来是个自来熟的女子，她将手搭我肩上："哎，昨天听你说自己是个写书的，那就是作家了。你今天帮我干活吧。作家不都要深入生活吗？帮我干活也算是实践了。"

她所谓的实践就是人工授粉。我学着用毛笔蘸取她事先收集好的花粉，点到那些雌蕊的柱头上。蘸一次花粉，可点三四个。刚开始的时候，想到我干的可是配种的活，还有一点点别扭。但马上觉得非常有意思，我拿的可是笔，笔可以写字，还可以用来搞繁殖，太奇妙了。我也不会再认错那些雌蕊了，带有子房的就是雌蕊。

桃花说："这样补一下，坐果率会高一些。"

我们有一句没一句闲聊。我听她说的时候多。这真是一个活泼开朗的好姑娘呢。

她告诉我，以前桃农辛苦，种得辛苦，卖得更苦。现在她家大头的生意都在网上，手指点点、桃花酿、桃胶、鲜桃预售什么的，就全搞定了。以前得自己去跑，供销社，各种市场、批发部，以前真的太辛苦了。否则——

她低了低头："否则，我老公也许不会跟人跑了。去城里过好日子了。"

我知道她，也听说过她的事。我说："他现在肯定会后悔。"

"怎么会？乡下的日子再好，过的也是农村的土日子。只是我喜欢桃园，我也感谢我妈他们替我起的桃花这名。"

我说："你肯定生在桃花开的时候吧。外面在传你们祖孙三代三朵花，你桃花，你母亲杏花，你外婆桂花，你们三朵花像你们经营的大桃园，了不起呢。"

"那你能替我写篇文章骂一骂我那个没良心的吗？"

接着她马上说："算了，你写了他也看不到。"

我说："将那个渣渣彻底丢了吧。"

她眼神暗了暗："我是忘了，这不是你提头嘛。"

三

"二斤桃花酿做酒，万杯不及你温柔。"我们忙回来时，崔大叔坐在院子里，口里念念有词。

桃花说，大叔被女人追狠了，家里一个，外面几个。他说要在这世外桃园躲上几天。

我说，不是追狠了，是被追打得狠了吧。

于是我们两个都一脸同情地望着这个"风韵犹存"的中年大叔。他又有点不好意思了。我心想，还真是脸薄的主。但惹了那么些个女的，干的也是些脸厚的事吧。

这次我见到了杏花与桂花。中午我们就围坐在一桌。老的八仙桌，杏花、桂花与崔大叔各一横，我与桃花拼座。

叫桂花的外婆七十八，信佛，话多也开朗，说的都是桃花。桃花不让说她还说。桃花说我自己说，没什么说不得的事。她说男人跑了，她心灰意冷，那时候真傻，一次次发微信、短信，发出去后石沉大海。不对，石沉大海还能听到响声，可是她什么也没听到。那时除了在桃园整天干活，她就是埋头于手机看网文。她突然笑得很灿烂："那时我就埋头看穿越和玄幻，我就看女主角无所不能也很完美的那种，然后各式各样虐渣、虐白莲花。"她说她将自己百分百地代入了，整整两年，才将自己所有不好的情绪全清空了。

呵，爽文，还是治愈情感的文字。多好啊，归来时她还是那个跳脱活泼的桃花。

外婆说："我们的桃花有貌有才，性子又好，还年轻呢，会有人追的。"

桃花说："外婆，你念你的佛号、喝你的酒就行了。"

但外婆还在说："你们年轻人哪！"她晃了晃花白的头，捏着一百零八颗菩提子的佛串，下桌坐一边去了。嘴还不停："信佛，人就会善。人善则面善，面善，那多喜人啊。你们盼的好事就近了。"

桃花说："我外婆是在我爹出事后信佛的。她总爱讲庙里住持说的那些话，最爱对我说的是缘起性空，原话是：当下的一切都是因缘和合而生，没有独立性的东西，但本性为空。意思就是，曾经没有桃花，未来没有桃花，现在的桃花如果是真的，那就一定有她所依附的缘分。外婆爱说，等着吧，我们桃花的好日子就会来的。"

我看看桂花，看看杏花，再看看桃花。人面桃花相映红，映的就是此刻这三张脸，桂花的慈祥，杏花的淡然，桃花的跳脱。娘叫杏花，娘的娘叫桂花，桂花生出杏花，杏花复生出一朵桃花。也幸亏没人从植物遗传史去论。这论不清的，就像缘分这东西。

桃花说："外公去的早，外婆说缘尽了。爹外出做泥水小工，摔下脚手架不治，外婆说缘尽了。我嫁了个初中时就好上的同村仔，最后丢下我去城里了，外婆知道了，只叹了口气。"

桃花说："外婆，我现在就过得很好，你不要再操我的心。明天天晴了，我再去坡上摘几篮桃花，再蒸几锅糯米。今年为外婆多做点桃花酿，让外婆从嘴里甜到心里。"

四

杏花与桂花出去忙自个儿的事去了，我们还赖在桌上，贪着一杯杯桃花酿。天色眼瞧着又暗下来了。

下午可能又要下雨。桃花手一挥，说我们继续喝酒、吹牛。

但一本正经地说要吹牛，反而找不见话题。崔大叔说，我们剪刀石头布，输的喝酒。

这没技术含量一下就见分晓的游戏，让三瓶桃花酿很快就见了底。

桃花对崔大叔说："还想赖在这几天？也不嫌乡下生活寒碜。"

大叔说："我千山万水慕名而来的呢。桃花谢了我就走。"

桃花说："如果你想看很久的桃花，往西北走，一路都有看不尽的桃花。六月份，西北的桃花才开呢。"

崔大叔说："这些桃花有腿，那一路上的桃花，都是从这里走出去的。"

我站起来举杯感谢，说明天就走。

桃花有点不舍，说："我又不是赶你，看你走得快的。你看上去也是心里有事，看两天桃花就治愈了？"

我笑得有些讪讪的，说，我真没事，你们也没事，过去的事都不叫事。

后来不知是谁起头，说爱一个人的最高境界是什么？

我想了想。回答："是抵死缠绵或不打扰。"

"这是爱的两个阶段吧。"崔大叔说。

我说："要么爱，要么走开。或者爱过了，就该走开了。长久地在一起，有许多东西会挤进来，会被岁月玩坏了。像少女会老，变得面目全非。"

"所以，"桃花指着我笑："我读过很多书，我懂你的意思。你肯定在心里逃避什么。我说得对不对？"

我摇晃着站起来。桃花说："你去干吗？"

我说明天要走了，我再去看看桃花。

但是下雨了。

雨中看桃花，不是很有意思吗？

崔大叔说："好，那我们一起去看。看桃花在阳光下的绚烂，也看桃花在雨中的凋谢。"

我与桃花一起嫌弃，指着他喊："好酸！"

四明狂客贺知章

　　说起贺知章，我脑子里会出现这样几幕。一是他喝醉了酒睡在井底，这有杜甫诗为证。二是他拿金腰带换酒，多珍贵的金腰带啊，不知什么样的酒能抵得上？三是他白发苍苍、颤颤巍巍，在皇帝老儿那里大声嚷嚷着要退休。他的《咏柳》《回乡偶书》等诗，是少儿必读的古诗，他与李白的交往更是佳话。

　　但贺知章真是萧山人吗？他与宁波究竟有着怎样的渊源？宁波为何有他的纪念祠即贺秘监祠？他那几首家喻户晓的诗究竟作于何时？我还想问的是，作为生性狂放的一代文豪，他为何还能官运亨通？写这篇文章之前，我整天都在贺秘监祠里上班。总有人问起这些问题，我说不全，心里惭愧，像住在别人家里却不知主人姓名。我便去找资料，可惜太少，他漫长的一生中许多年还几乎空白。如此，我只好给自己圆一份答案了，办法是以有限的资料为骨架，用简陋的推测作血肉。一句话，资料加八卦。

　　第一个疑问是他是哪里人。这个应该没问题了，就是萧山人。他生于 659 年，卒于 744 年。今天的萧山蜀山街道史家桥村（现已改名为知章村），据说仍有贺知章生活过的痕迹，传说就更多了。

　　引起他出生地之问的最大原因是他自诩为"四明狂客"。唐玄宗曾作《送贺知章归四明并序》，李白也有诗："四明有狂客，风流贺季真。"加上宁波有贺秘监祠，四明山又确确实实在宁波，有一段时期，宁波有不少人太喜欢这位先贤，一想起他可能是宁波人，心头就热热的。不久前，宁波北仑邬隘某村的几位老人拿着一份贺家家谱的复印件来到贺秘监祠，说照他们贺家家谱排下来，贺知章确属他们村的。他们想在贺知章的祠堂里找点相关的物证，结果只能怏怏而返。

　　其实，宁波的四明山，加上会稽、诸暨、山阴等地，原都归属于越州。唐仪凤二年（677 年），从会稽、诸暨两处分出来一个永兴县，是会稽所属县，唐天宝元年（742 年），永兴县改为萧山。所以，贺知章称自己为四明狂客，从越州这个范围上说，并没有错。而通过杜甫的《遣兴五首之四》："贺公雅吴语，在位常轻狂。上疏乞骸骨，黄冠归故里。爽气不可致，斯人今则亡。山阴一茅宇，江海日凄凉。"我们更明白了贺知章所归的家乡，具体地点离"山阴"不远，确实不在今天的四明山。所以，真是我的老乡想多了。

　　但贺知章跟宁波一定是有渊源的。为什么宁波月湖边有贺知章的读书处？为什么四明山的梁弄镇上有贺知章写下的诗？至于他告老还乡以后在宁波某处隐居，也有传说留下。

当许多事情说不清时，只有推测了。风光秀丽的四明山历来是道教名山第九洞天，对于年轻时就以诗文闻名、交游颇广、晚年又上疏入道的贺知章来说，四明山应该在他的游历地图里。说不定不止一次到过呢。传说他在四明山的青山秀水之间寻访仙踪，与老农樵叟为伍，以朗月清风为伴，赋诗饮酒，悠闲自适，还在余姚梁弄的后陈村为慕名而来的邻近读书人讲授五经。今天的梁弄有一座保存完好的桥，名为贺水桥，有一条溪名为贺溪，就是为了纪念他的。他那首《袁氏别业（一作偶游主人园）》"主人不相识，偶坐为林泉；莫谩愁沽酒，囊中自有钱"，就写于梁弄某处。这也是贺知章到过四明山的"诗证"。

宁波的月湖离四明山不远，宁波的东钱湖也是。想必贺知章到四明山时也不会错过。宋时两度出任右丞相、晚年居于老家东钱湖畔养老的历史名人史浩，在《游东钱湖》里也提到贺知章当年在宁波这一带的游历："行李萧萧一担秋，浪头始得见渔舟。晓烟笼树鸦还集，碧水连天鸥自浮。十字港通霞屿寺，二灵山对月波楼。于今幸遂归湖愿，长忆当年贺监游。"但月湖边的贺秘监祠，真的只是一个纪念祠，南宋时明州太守莫将十分仰慕贺知章，便在月湖柳汀之南立祠奉祀，名为"逸老堂"，这"逸老"两字还源自李白对贺知章"四明逸老"的称谓。这个事实是否也令我的老乡们失望？逸老堂建立后，在明洪武十一年至三十年间（1378—1397 年）因故移至今天的陆殿桥西侧，傍湖而筑。清后几经扩建、修葺，便形成今天的规模。

我认真思考了后，觉得传说里说他告老还乡后，是来宁波四明山一带隐居是不存在的。他告老时已八十六岁高寿，皇帝和诸位大臣为他送行是在那年的正月初五，而他是"至乡无几寿终，年八十六"。所以，那样的身体状况，那么短的时间，他根本无法再闲云野鹤了。这恐怕也是贺知章的大遗憾吧，为官场所累的他，最终没能重温年轻时的那份清风明月。

贺知章自己是个才子，也格外爱才和惜才，这从他对李白的称赞和力荐上就可以看出。

贺知章见到李白时，已八十四岁了，李白那年四十二岁。那时的他身体还算健朗。一见到李白，读了李白的诗，他感叹："子，谪仙人也！"并且"解金甲换酒，与倾尽醉，期不间日……""言于玄宗，召见金銮殿……"贺知章的行为就好像今天一个部长级的人，对待一个才华横溢的文学青年，他非但亲临一个小小的旅馆里去看望，而且像将军解下自己的徽章那样当场解下自己的金甲，去抵押换酒喝，还向皇帝力荐。这是在诗歌的盛世里才能发生的事。

在这之后，他与李白有了近两年的愉快交往。他与李白、李琎、李适之、崔宗之、苏晋、张旭、焦遂，被当时的人们称为酒中八仙。说他们好酒，今天西安长乐坊那个八仙庵，就是证明。八仙庵的大殿外面有一座巨大的石碑，上面刻着"长安酒肆"四个大字，贺知章与李白他们就常常醉倒在"长安酒肆"之下，据说他们喝的是一种用糯米制作的甜酒，黏稠如浆，人称玉浆，再配以清香的黄桂。这种后劲很足的美酒佳酿，名叫黄桂稠酒，当时风靡长安。而长乐坊这个八仙庵，当时就是为了纪念李白、贺知章等酒仙而修的，据说庵中的第一仙就是李白的画像。但后来由于道教盛行，扩建为道教八仙庵了。杜甫追忆贺知章等人时曾作过一首《饮中八仙歌》，他把贺知章列为酒中八仙之首，起句就是："知章骑马似乘船，眼花落井水底眠。"贺知章的醉态在纸上活灵活现，他真有刘伶式"但得饮酒，何论生死"的豪迈。

这样的贺知章自然不拘小节。如果有人想巴结他，托他办个什么不太违反原则的事，随手送点美酒，他必然会收下。这也就可以解释在他六十八岁时发生过的墙头事件。"俄属惠文太子薨，有诏礼部选挽郎，知章取舍非允，为门荫弟子喧诉盈庭。知章于是以梯登墙，首出决事，时人咸嗤之，由是改授工部侍郎……"

原来，唐开元十四年（726 年）的时候，玄宗的兄弟岐王去世了，玄宗追封岐王为惠文太子，其葬礼规格也提到了太子级。按道理，太子出殡时，要有牵引灵柩唱挽歌的挽郎，挽郎都是青少年，这些青少年照规定是要由一定级别的官员子弟担任的。当时任礼部侍郎的贺知章奉诏挑选挽郎，在这个过程中，他肯定是接受了一些候选人的贿礼（估计全是好酒），挑选的时候有些不公了。那些落选的人找上门来讨要公道，他的手下害怕事情闹大，就把院门关了。人关外头了，疙瘩还是要解的，贺知章就让人找把梯子，爬上墙头做解释，想平息风波。

这出小小的墙头戏，是否给他留下了阴影？当他还乡，从唐玄宗那里为他的小儿子乞请到"孚"（诚实守信的意思）这个名字时，贺知章是否觉得皇帝仍抓着他的小辫子？

但贺知章肯定是清廉的。收点小酒应该是他的底线。证据是他的清贫。想一想啊，作为朝延大臣，请小后生李白喝酒的钱都没有，他会贪吗？他在家乡，也没有像一般的高官那样大兴土木。估计他的薪水都不够自己的嚼用，典型的今朝有酒今朝醉的纵诞。他没去家乡起屋造楼，还有一种说法是，他已把整个家族迁到了长安，之所以这样，是因为他的母亲嫁到贺家已是二婚了，贺知章老家南面仍有一座思家桥，当年他母亲的花轿就是抬过这座桥后进入贺家的，直到今天，史家桥村那里都保留着一个习俗，就是出嫁的女儿不能从思家桥过，那是人们在避忌。他出生时，在贺家排行第八，小时候他常常被人叫作贺八。贺八这个称谓听起来总有些刺耳吧。母亲二嫁这件事，肯定也是他心底的疙瘩。

但不管怎么说，诗人最终还是敌不过落叶归根的情结，最后以道士的身份回到了老家。他把老家的房子也捐出来，变成了"千秋观"，并且求唐玄宗将老家门前的镜湖变成一个大的放生池。他就是在"千秋观"安然终老的。

应该说，他虽为人不羁，做官仍是他的追求，这与他要为母争气有关，还与他出生于官宦世家有关，他是唐太子中书舍人德仁的侄曾孙。读书致仕，以自己的文笔才华出人头地，是他的志向，三十七岁之前，他读书、游历，以文词俊秀的才子名声为他以后漫长的为官生涯做好了准备。

相信算命的人，都知道三十七岁是生命的门槛，人走不走运，就是看这一年。"脱蓝衫，换红袍，脚踏莲花步步高"专为三十七岁走运的人设置。巧合的是，贺知章也真是在三十七岁那年举的进士。进士及第，就是敲开了做官的大门。

之后的十几年，他的官运并不怎么样，在长安的大街小巷里，他与一些名士混得开心，文章与书法，名扬于上京。与扬州张若虚、湖州包融、苏州张旭并称"吴中四士"。

直到唐睿宗延和元年（712 年）他五十四岁时，真正的为官生涯才开始了。那年他当上了一个八品官。唐玄宗登基之后，更青云直上了，他升啊升的，一直升到他八十四岁，成为"太子宾客、银青光禄大夫、秘书监"，官至正三品。在他去世后十四年，又升了一次，追授"礼部尚书"，真可谓官运亨通。

前面我已有疑问，作为狂放的诗人，为何他能一直做到秘书监这个相当于今天的部长的职位？还一直被皇帝所喜爱，到了八十六岁才准许他告老还乡？这原因既在于他也在于唐玄宗。首先，唐玄宗本身算是个不错的文人，除了宠爱杨贵妃，还特别爱舞文弄墨。他是能够欣赏贺知章的才气的，即使贺的言行会有些文人意气。其次，贺知章当的是一个太平官，他为官的岁月几乎贯穿了唐玄宗这个玩乐皇帝歌舞升平的整个时期，在安史之乱发生之前的几年，幸运的贺知章就已告老还乡了。唐玄宗天性中也有许多诗人的随意和率性，贺知章由于官宦世家背景，虽性格狂放，但对皇帝却极其忠心，所以，他与另外一帮文人墨客，围在一个差不多性情的皇帝身边，互相唱和，一团和气，其乐融融。

另外的原因恐怕还在于宗教信仰上的投缘，唐代崇道，唐玄宗就是一个笃定的道教徒，他还与老子李耳续起家谱，称其为祖上，将道教奉为国教。他的宠妃杨玉环也被封为"太真"道士，贺知章则被封为紫阳真人。卢象在《送贺秘监归会稽歌序》中说："先生紫阳真人……年八十六……去年寝疾累日，冥然如梦……于是表请辞官，乞以父子入道，俱还故乡。"《唐会要》卷五十《杂记》里说："其年十二月二十日，太子宾客贺知章，请为道士，还乡，舍会稽宅为千秋观。"对道教的真心皈依，将自己的祖宅也改作千秋观，这也是唐玄宗认同这个大臣的原因之一吧。真所谓道若不同早不相与谋。

"少小离家老大回，乡音无改鬓毛衰。儿童相见不相识，笑问客从何处来。"

"离别家乡岁月多，近来人事半消磨。惟有门前镜湖水，春风不改旧时波。"

这两首诗表达了诗人眷念故土强烈而复杂的情怀：岁月流

逝,春风依旧;两鬓早白,乡音不改。在诗人眼里,家乡的风物既陌生又熟悉,那种喜悦又不无伤感的情绪,油然而生。这种人之常情,经过诗人妙笔生花的艺术提炼,读后使人回味无穷,成为千古传诵的名篇。说到"乡音无改",贺知章在长安待了那么多年,倒真是一直没学会说北方话,他一口江南方言在当时是有名的,这在前面提到的杜甫的诗里已明确了的:"贺公雅吴语,在位常清狂。"乡音难改,思乡的情结更是难改。

有说这两首诗是贺知章回乡省亲时写下的。也有说这诗是他告老还乡后写的。真实如何不可考,细节只能推测。

当年,贺知章自越州永兴乘船,经湘湖,北上长安,后考中进士,官至礼部侍郎、集贤院学士和秘书监。这漫长的岁月里,他是没有时间回乡的。长安离江南路途太遥远了。我的推测是,贺知章在武则天证圣年间举进士后,就一直混在京城里,等待着朝廷授官。当官后,又整天忙于文人或官场之间的答唱应酬,史书上也没有他为官途中回乡的记载,因此,有关这两首诗作于他回乡省亲一说就有点立不住。我的看法是,这两首诗也不可能作于他告老还乡之后,那时他身体不好,不久就去世了。

从诗意上分析,诗中的"老大回""鬓毛衰""人事半消磨"等,更像是一个中年人面对老境将至、家乡遥远时的感慨,诗中表达的老,也是半老而不是全老。是老大而不是老朽,是鬓毛衰而不是鬓毛全白,是人事半消磨而不是人是物非。

结论是，这两首诗是他的成名作里的一部分，写于在长安等待授官时期。这两首诗也是他念乡的产物，感慨家门前的镜湖水，春风不改旧时波；感慨自己少小离家，不知何时能还。

贺知章在诗歌上的名声太响了，以至于后人往往忽略了他还是书法大家。

温庭筠云："知章草书，笔力遒健，风尚高远。"窦蒙《述书赋注》云："知章每兴酣命笔，忽有好处，与造化相争，非人工所到也。"陶宗仪《书史会要》云其"善草、隶，当世称重。晚节尤放诞，每醉必作为文词，行草相间，时及于怪逸，使醒而复书，未必尔也"。

李白在《送贺宾客归越》中将其喻为王羲之，有言："镜湖流水漾碧波，狂客归舟逸兴多。山阴道上如相见，应写《黄庭》换白鹅。"当时的人们把他的书法作品当作宝贝收藏着，尤其是他写的草书。他的草书开盛唐浪漫风气先风，也是他风流倜傥、狂放不羁个性的书写。可惜，今天我们能看到的只有他草书的那部《孝经》及楷书《龙瑞宫记》了。就像他的诗歌，流传下来的也仅二十首而已了。

酒干倘卖无

　　那一天是 1981 年 11 月 16 日，中国女排以七战全胜的成绩首次夺得世界杯赛冠军。当夺冠的消息传来，学生们亢奋的欢呼声几乎要将整个校园抬起来。我第一次知道，酒瓶子还可以用作欢庆胜利的炮杖，几幢宿舍楼背阴那面，轰炸声此起彼伏，那是酒瓶从高处掷地后乒乒乓乓的碎响，中间不时夹杂几声暖水壶在地面上的炸裂声。

　　记忆里，狂欢持续了很长时间，引无数酒瓶和水瓶尽折损，至今想起来，还对那样危险的狂欢方式心有余悸，幸亏当时学生们几乎都围着有限的几台黑白电视机，看完转播后都在楼里，也幸亏学生们残剩的理智知道大楼背阴处应该没有谁去"熊出没"，才并没有造成什么头破血流的遭心事。但第二天学校的小卖部，竹壳热水瓶脱销了，但水得照喝、脚得照洗，虽然女排夺冠了，可小屁孩们的生活还得继续呀。也许有感于当时无酒瓶可扔，决定亡羊补牢，第二天我们宿舍集体出动，搬回了一大木箱二十四瓶啤酒。也不知哪位女生将此消息有意还是无意里透露了出去，那几天一到饭点，就会有男生三三两两地端着饭菜盒子上来，将蹭酒、搭讪、联络感情、畅谈理想等事情一应做了。只是我至今不记得的除了那箱啤酒的牌子，还有那些上来的男生姓甚名谁，那些酒喝完后有没有改变他们今后的情感轨迹。后来很长时间内，宿舍里一直留着那箱空瓶，一来是后来实在没来什么喜事值得扔瓶庆贺，二来因不好搬也懒得去退瓶。但那箱子放在门背后，毕竟还是碍了进出，出入时每每得稍稍侧身。那时卫生间是楼里公用的，我们半夜起身神志混沌时也会时常磕碰一下，弄得那些空瓶在木箱里咣咣地响。

也许就是从那时开始，我会有意无意地在身边留几个酒瓶子，尤其是好看的酒瓶子。这也是我很长时间一个随手为之的习惯。酒瓶的来源是我热衷的各种聚餐，聚餐时喝的酒常常五花八门，被我看上的酒瓶我就顺手牵之，名曰废物利用。记得当时我特别喜欢收藏的一个仕女造型的曾用来装黄酒的瓶子和一个广口大容量的装葡萄酒的瓶子，它们都被我放在窗台上，偶尔用来插花。大学毕业后没多久，我交往的男朋友来我家正式拜访，民俗里称毛脚女婿头次上门，空不得手，他特意去百货大楼买了两瓶价格不菲的酒。那人在部队大院子里长大，对俗礼一知半解，当时手提两瓶酒前来敲门，见我妈逼视的眼神，下意识地举起瓶酒去挡他一脸的腼腆。事后我妈说："这小子脸上没肉，举止不大方，关键是，送的两瓶酒花里胡哨的还长得不一样。看酒瓶子一高一低的，他的为人是否也脚高脚低的，不踏实?"我说:"这两瓶酒酒瓶子都很好看呀,两瓶不一样蛮别出心裁的。再说,人家长得不是酷酷的、帅帅的?瞧着挺好的呀。"多年后每当我痛悔人生时,我妈就会恨铁不成钢:"唉,当时就觉着两瓶酒不登对,反正酒不像酒、人不像人的,真是不听老人言啊。"

都说诗酒缘深。打走上写诗这条业余爱好之路,我的生活中便少不了一群叫作"诗友"的生物。书生意气总是喝酒,诗情画意也是喝酒,"晚来天欲雪,能饮一杯无?"还是喝酒。今天聚来明天聚去,因为生活余钱不多,只能挨个儿地在诗友的家或宿舍里聊天、吹牛、谈诗,虚度时光,一来二去,时光匆匆,夜深人静三省吾身时也会羞惭于岁月为我攒下的,只有一堆空酒瓶。酒干倘卖无?不卖不卖。最好看的酒瓶装鲜花类,次一些的酒瓶装苇草类,再次一些的洗干净了,装酱醋料,再不济的就往床下踢踢,听响儿装装灰!1988 年我在上海出差,空余时几位同事相约前往大观园参观,中午在饭馆里用餐时我们目睹了一次打架,起因估计是两帮小年青争座位无果吧,那些喝空的酒瓶子要么在空中飞来飞去,要么被人抄在手里作为武器,不断地有人头破血流,这让四处躲闪的游客感觉像在看一场街斗电影那样不真实却依然被吓得慌。每每想起,我就会认为踢入床底的酒瓶有朝一日或许会有用武之地。天杀的,为什么那些无良导演要拍那么多打斗片祸害孩子?应该多看纯文艺片!应该让他们多读诗!读诗百无一用但至少不学打架。

日深月久，空酒瓶多到让房间里看上去有些挤、有些乱时，我偶尔就会清除一些。当然是挑那些不太上眼的扔出去，去向有两个，一个是楼下的垃圾桶，另一个就是去祸害大海。祸害大海的方式是与几个朋友一起，带上洗净晾干配上了软木塞做成漂流瓶的空酒瓶，让这些瓶子独自去诗啊远方啊。可想而知，年轻时漂流瓶里的纸条上大致都是一些矫情的青春疯语，后来自我感觉稍微成熟点了，写的似乎就是一些玩笑话了，连自己都不当真的。有一次做梦，突然梦见自己捡到了很久前自己扔出去的一个瓶子，打开来，字迹模糊难以分辨，就像我自己也不清楚年轻时究竟有过什么心愿，震惊自己一路走过来都是一笔糊涂账。醒来后在床上呆坐了一会儿，到办公室时复想起这件事，便又呆坐了一会儿。

现在算起来，这些都算年轻时候的事了。如今已活成半老年的我，诗友这种生物还在，诗也偶尔写写，也会想起与朋友们的一些喝酒往事，想着想着也会有"其人虽已没，千载有余情"的感慨。只是因为身体原因，原本不太爱喝酒只爱凑个热闹的我，几乎已不喝酒了。有朋自远方来，以茶敬酒时，我便会推说，以前乱喝酒，将好酒糟蹋了，也将一辈子的酒喝完了。席间也会与朋友感慨，说曾有一个挚友几次说起，当我们七老八十喝不动酒时，我们还要多多聚会，喝不了酒就拿酒漱漱口。没想到，人还没全老，拿酒漱口的日子却提前了那么多年。

但喜欢好看酒瓶的心思仍在。眼下，手头比年轻时宽裕多了，家里除了仍有一些不想清理出去的空酒瓶，柜子里也有了一些存酒，这些存酒是平时不舍得拿出来喝，而酒瓶也相对比较漂亮的好酒。听人聊起家里有几几年几几年的茅台酒或几年陈几年陈的某某酒之类时，我也能开玩笑地跟上一嘴："啊，我似乎也有几几年的茅台！我似乎也有几年陈几年陈的某某酒，按市场价便宜点卖你要不要？"不过我家里的藏酒真的有几瓶好的，也有一些普通但瓶子看上去很别致漂亮的。从光存空酒瓶到也同时存放一些好酒，这是否意味着我的人生也到了更重实际、更接地气的阶段？以前喜欢漂亮的瓶子，我的解释是自己是靓控，潜意识里，以为那些漂亮的东西能够弥补我长相平平的缺陷。现在对酒瓶里装的内容有了更多的深究和喜爱，这肯定是一种不同，是人生观由外向内的一种进步或说明吧。

眼下不喝酒的我，在酒场上更像是跳出三界外的明白人，在一边看朋友热闹时，也会进行另一种打量，如喜欢将朋友的性格和身形与各种酒和酒瓶相对照，尤其是那些正在酒桌上热火朝天地挥斥方道、指点江山、眉飞色舞、今夕何夕、哥俩好啊的朋友，作为一个合格的旁观者，我会将他们的身体看作一个个各具姿态的酒瓶，用来盛装各种美酒。他们有的是大肚子酒瓶，有的是细高挑酒瓶，有的是长颈酒瓶，有的是细腰酒瓶，有的是扁平端庄的酒瓶。身量小的，是小容量的迷你型酒瓶，身量巨无霸的，或者有些土肥圆的，那就不是酒瓶而更像是酒坛了。

　　他们的身体里装的都是些什么酒呢？我的认定里就与他们的性格有关了。这个人性子烈、脾气急，肯定装的是白酒型的，这个人性子温和、好说话，那就是啤酒、汽酒、香槟酒型的，这个人不温不火的，应该是红酒类的吧。那些看上去特敦厚，有些像邻家大哥的，装的肯定是黄酒类的。而那些性子很讨喜又特别爱臭美的，就该是鸡尾酒型了。那些随意随性的朋友，我也会认定他们的身体里装的大致会是散酒，这散酒当然也会分个散白酒、散啤酒、散黄酒之类的。碰上个别我很不喜欢、让人不得不敬而远之的人，不用说，他们的身体里装的一定是假酒！而那些无趣之极的人，他们的身体里装的肯定不是酒，只是看上去徒有酒瓶外形而已。

　　有时兴致高，我还会为他们分分香型。比如，特别重情重义的，我将他们归于酱香型酒，我总以为酱香型酒那种浓烈醇厚的味道，像一种特别包容的情感，喝得再多，也不让人头疼。热情奔放的朋友，大致是浓香型的，那样的酒一口下去，你就会被一种激情所带动。而看上去高雅脱俗的朋友，那就是清香型酒了，让人大呼"此种芬芳不在俗世，此种情致只在天上人间啊"。而性子特别包容、特别豁达的，就该归类于兼香型酒了，那真是一杯在手，兼怀天下，滋味悠长呢。

芦山禅寺

758 年，是一个很特别的年份。

那一年是乾元元年，唐玄宗成了太上皇，太子肃宗终于登上了皇位，大赦天下。

那一年，朝廷开始铸一种以一当十的大钱，名为"乾元重宝"，钱铸成后，朝中百官与禁军六军都得到数量不等的新钱，这是群臣自唐朝中兴以来，第一次得到朝廷的赏赐，于是，皆大欢喜。

欢喜的还有我们的大诗人李白，就在那一年，五十八岁的李白在四川白帝城遇赦，便"朝辞白帝彩云间，千里江陵一日还"到庐山，写下了不朽的绝句："日照香庐生紫烟，遥看瀑布挂前川。飞流直下三千尺，疑是银河落九天。"

也是那一年，世界上最早的茶叶专著——《茶经》诞生了。该书系统而全面地论述了栽茶、制茶、饮茶、评茶的方法和经验。《茶经》的问世，是中国茶文化发展到一定阶段的重要标志。

　　我之所以提到这件事，不仅仅是因为陆羽所著的《茶经》里几次提到宁波的茶和茶具，并备加推崇，而河姆渡遗址七千年前的古茶遗存，是让我们华夏子民一提起来就极为自豪的事。还因为，在 758 年，也是在河姆渡这个地方，建起了一座了不起的禅寺，我写这篇文章的目的，就是要介绍这座禅寺。

　　它就是浙东的古刹之一——芦山禅寺。

　　我提到芦山禅寺时，用了"了不起"这个词，之所以这样说，是因为它特殊的地理位置和秀丽的环境。

　　芦山禅寺就在现在的余姚市河姆渡镇上，它的南面是姚江，北靠芦山，四周山岭环抱，绿树翠竹，山水相映，景色秀丽。它距宁波市区仅二十三公里，它的西面不远处，就是举世闻名的河姆渡遗址，交通十分方便。有关它的景色及在佛教界的名头，有这样两句很传神的描述，那是写在清代康熙年间、芦山禅寺重修时那块碑记上的："堆青拥翠，秀拔鹤洲凫渚之上，古称东南之佳丽。"历史上有许多大文人在这里游历探幽，他们留下的诗句，让芦山禅寺更添了许多诗情画意。比如，史浩诗云："团团璧月印寒潭，时有清风扫碧岚。"陆游留下的诗句是："到山分我一片云，并遣春风吹好句。"而舒亶见到芦山禅寺的感慨是："早晚晴阴浑不定，青山半在有无中。"

　　我认为芦山禅寺"了不起"，自然还在于它悠久深远的历史。据了解，在宁波甚至在全国，这样古老的寺院真的为数不多。对于一座拥有一千二百三十多年历史的古老寺院，自然免不了自身的兴兴衰衰，而这其中的兴衰又与历朝历代的皇帝对佛教的亲和或排斥态度有关。在中国佛教史上，曾经发生了四次较大的灭佛事件。这就是北魏太武帝灭佛、北周武帝灭佛、唐武宗灭佛、后周世宗灭佛。这四次灭佛事件，有三次是发生在国家分裂时期的局部地区，只有唐武宗灭佛是发生在统一时期的全国范围之内。所以，唐武宗灭佛的影响远远超过其他三次，直接的结果是，天下的僧尼都遭到了残酷的迫害与杀戮，几乎所有的僧尼还俗或失去自由，天下的寺院十遭九毁。

武宗灭佛的主要原因是佛道之间的矛盾。武宗是信道教的，而当时的道教人士利用政治的优势排斥佛教，制造舆论，宣称将有黑衣天子取代武宗，暗示僧人威胁武宗的地位，从而导致了武宗的大肆灭佛。芦山禅寺也就是在那时惨遭毁损的。尽管武宗灭佛不久，宣宗即位，马上大兴佛教，使佛教很快得以恢复，但出于财力、物力、人力的局限，芦山禅寺直到唐清泰元年才得以重建，那时离禅寺被毁已有一百多年的时间了。

之后，芦山禅寺又大多出于年代久远、风雨相侵等原因，多次重修、扩建及翻新。它的香火断断续续，像一个病恹恹的人一直撑着烧到今天，眼见着重现盛观指日可待，实在是一个奇迹。

芦山禅寺兴旺的时候与宁波的天童寺、奉化的雪窦寺一样，声名显赫。朝廷还几次赐额，名隆一时。鼎盛时期寺里有天王殿、方丈殿、法堂、祖堂、斋堂、监院寮、客房、厨房、塔院、放生池等。现存的一些建筑多为清光绪十三年（1887 年）时重修的，距今也有一百三十多年了，而最老的一幢建筑，是唐清泰元年（934 年）时留下的，后曾经过多次修复，也经历了一千多年的风雨洗礼。

我说芦山禅寺"了不起"，还在于它与普陀山观世音菩萨的渊源。

20 世纪 60 年代时，由于众所周知的原因，普陀山共有一百零八位僧尼被迁往芦山禅寺，与宁波天童寺、阿育王寺、七塔寺迁来的二三十位僧人一起集中劳动改造，这时的芦山禅寺成了这些蒙难受屈的出家人的庇护之地，虽然那时的禅寺寺舍破败，但总算是一块相对清静的地方，这自然给了僧众以心灵的慰藉。这些僧尼中有一位就是后来成为浙江省佛教协会会长、普陀山全山方丈的妙善大和尚。

妙善大师是江苏如皋县人，根性聪慧，很早就出家了，三四十岁的时候，已成了一位道行高深的和尚，并出任普陀山法雨寺住持。1957 年，他在上海出席华东五省一市"宗教界人士座谈会"，对粮食统购统销谈了一些看法，并有"一切唯心造"等言语，因此被划为右派。他来余姚，在芦山禅寺一住就是整整二十年。

在这二十年里，大师务农之余，仍带领僧众打斋结缘，做各种佛事，向新加坡等地寺院筹集资金，为芦山禅寺置办法器法物。在芦山禅寺所有佛像被焚砸、众僧的宗教信仰被完全剥夺、他本人也与其他法师一起被批斗游街时，他仍倾自己的所有，帮助那些生活更加困难的道友。1979 年拨乱反正后，已七十一岁高龄的妙善大师终于回到普陀山，出任全山住持。这以后直至九十二岁去世，他为普陀山佛教事业的兴旺繁荣、为观音文化的更广泛传播，做出了卓越的贡献。

我之所以要在这篇介绍芦山禅寺的文章里这么详细地介绍妙善大师，实在是今日芦山禅寺的繁荣，除了源于当地政府的支持和寺院僧众的集体努力外，还得益于妙善大师对禅寺的关爱。妙善大师在世时，只要是芦山禅寺的事，无论人、财、物，他都慷慨支持，这自然有大师二十年寄寓于此的深厚感情以及由此而生发的报恩心理，但更在于大师襟怀的开阔，因为他知道，余姚这一带的信众需要芦山禅寺。

他曾对芦山禅寺的几任住持都讲过这样的话：一定要让芦山禅寺恢复它昔日的风采！他亲自为芦山禅寺从普陀山请来一尊宏伟壮观的观音像，这座观音像现在就供奉在新建的芦山禅寺的观音殿里。原来的大雄宝殿也是在他的帮助下，重新兴建的。

我国有许多人崇尚观音，谁都知道观音菩萨的道场是在普陀山。现在，因为芦山禅寺与普陀山有了这个因缘，还有一尊来自普陀山的观音，所以，芦山禅寺着力弘扬的也将是博大精深的观音文化，这，就成为它与宁波别处寺院不同的地方。它还准备兴建一个妙善大师纪念堂，里面陈列妙善大师一生的高风硕德，而这，也将成为芦山禅寺又一亮点。

芦山禅寺还有一个特点就在于它的建筑风格。因为是兴建于唐代的千年古刹，所以，恢复中的它，已建或将建的各式殿堂都是唐朝寺院的建筑格局，大到殿堂内的格局布置，小到屋檐及殿门的装饰，都十分讲究唐风。如果香客游众对此有兴趣，不妨在进香的时候留意一下。

最近我很有佛缘，刚刚陪同著名诗评家、首都师范大学教授吴思敬先生一行去了普陀山朝圣，马上又来到余姚市河姆渡的芦山禅寺参观。佛说，凡事都讲因缘，从香火鼎盛的普陀山，到已有一定规模但仍在不断扩建的芦山禅寺，真是很有些感慨。世事太平，宗教兴盛，现任芦山禅寺住持的释妙勤法师方面大耳，很有几分佛相，他为我展示了规划中的芦山禅寺图，对于禅寺明天的辉煌，他充满信心。我也相信，在各方面的共同努力下，芦山禅寺在不久的将来，会十分兴盛，重新成为浙东一座重要的佛寺，从而也能成为河姆渡镇开发旅游事业的一处名胜古迹，吸引海内外众多信士、游客的到访。

鹿亭的宗祠

　　每个人都是一个小点。从几何学角度来看，由这个小点，可以延伸出无数条直线或曲线，这些线，就代表着人生的无数个行走的方向。但人的一生太短暂了，加上思维和行动上天然的惯性，所以，由这个点出发，大多数的人，一生只能画一道单一的线条。这些线条代表的几乎都是平凡的人生。

　　但几乎所有的人，自己过着平凡的日子，却仍有子孙飞腾的梦想，这也算是企望后继有人完成未竟事业吧。如果说这是往前走的线、未来的线，那么，我们是不是更应该知道我们的所来。就是所有送我们过来让我们成为人间一个点的线条及从中出发的点。说白一点，我们得知道我们的爹娘和祖辈、祖祖辈、祖祖祖辈，知所来才能知所去，人生弄得清清楚楚，才能活得明明白白不是?

　　再说个理由，以前若是有人做了什么了不得的事，得了什么了不得的成就，一概被说成是光宗耀祖，这也是在强调寻根追源于人生的重要意义。说句大白话，没有祖宗，就没有小祖宗、小小祖宗，没有这些祖宗，哪有我。人不是绝对独立的，上有老下有小还不行，还得看得更远，上有祖宗，下有子子孙孙，这才叫全面或完美。

所以，各种宗祠才一直有香火，有后辈祭奠。宗祠又称宗庙、祖祠、祖厝、祠堂。它是供设祖先的神主牌位、举行祭祖活动的场所，也是进行家族宣传、执行族规家法、议事宴饮的地方。民间建造家族祠堂，可追溯到唐五代时期。各地大规模营造祠堂，则在明、清两代。有四明山明珠之美誉的鹿亭乡，作为褚姓、龚姓等几大族姓上千年聚居的家园，自然也先后建有不少大大小小的宗祠。现存的两座名声在外的宗祠，就是龚氏宗祠和褚氏宗祠。

说到龚氏和褚氏的宗祠，不得不先说说这里的龚姓和褚姓两位声名显赫的本祖龚辉和褚遂良。

龚辉是明嘉靖二年（1523 年）进士。他干练耿直，是明代余姚继谢迁、王守仁之后名扬政坛的又一位能臣。在任工部侍郎、广西按察司、湖广左布政使、提督南赣军务、总督漕运兼凤阳巡抚等职期间，能体察民情，官声颇好。他为民请命、上书嘉靖皇帝停办采木的奇文《采运图说》，是他被百姓铭记至今的仕途中的闪亮一笔。说的是当年嘉靖皇帝敕命修建仁寿宫（今中南海），龚辉奉命赴川贵采办建造宫廷用的木材，在他历经艰险、办得大木五千余株运抵北京后，工部要求再采办五千株。当时，公私俱困，民情汹汹。龚辉冒着抗旨犯忤之罪，把在四川采运木材的艰险情状以及给川贵百姓带来的苦难，绘成十五幅图画与奏章具奏给嘉靖皇帝，大胆揭露当朝弊政，终于得旨免采。龚辉也因说人罕知罕见之事，言人不敢言之言，被"蜀人德之，至与诸葛亮并祠"。

而褚遂良作为唐初重臣和书法大家，他的忠直清正和融会汉隶、丰艳流畅、自成一家的书法，对后代更是影响至深，与欧阳询、虞世南、薛稷并称为初唐四大书法家。

褚遂良祖籍河南阳翟（今河南禹州），晋末南迁为杭州钱塘（今浙江杭州西）人。他博通文史、精于书法，以善书由魏徵推荐给唐太宗，受到赏识，后任谏议大夫。他曾劝谏唐太宗暂停封禅，并对朝政提出过许多积极建议。唐贞观十七年（643年）太子承乾以谋害魏王泰罪被废，褚遂良与长孙无忌说服太宗立第九子晋王李治为太子（即唐高宗）。次年褚遂良被任为黄门侍郎，参预朝政。唐太宗策划东征高句丽时，他持不同意见，尤其反对唐太宗亲征。唐贞观二十二年（648年）为中书令，唐贞观二十三年（649年），唐太宗临终时他与长孙无忌同被召为顾命大臣。高宗欲废王皇后，立武昭仪（即武则天）为皇后时，他竭力反对，由此被贬。

明代工部侍郎龚辉的故居就在鹿亭乡石潭村。该建筑坐北朝南，至今仍存主楼及东、西两厢楼，但原有的南围墙和抱鼓石墙门已拆，呈三合院结构。其中，主楼为三开间，明间檐柱较粗大，两厢楼均为五开间。尚存石台阶，颇有气势。天井用卵石铺砌，富有山乡特色。那天我们在这里碰上一位龚家太婆（一位八十高龄的老婆婆），她有一本祖传的龚氏家谱，听说我们想看，她便面东，一脸肃穆，嘴里念念有词。

事后她告诉我们，她在询问祖宗：宁波客人来，给不给看宗谱？她说祖宗在她的耳洞里告诉她可以给我们看。我们再问她是哪个祖宗，她说是龚侍郎。

龚氏宗祠也坐落在鹿亭乡石潭村，面对石潭溪，整体坐南朝北，前后两进，东西厢房，呈四合院式。门厅面阔五间二弄，硬山顶高平屋，明间为抬梁式梁架，三柱六檩，勾连搭，中柱为垂花柱，富有特色。其余穿斗式，落柱每间都有所不同。八字墙门。稍间开窗，置九块双幅纹组成的砖雕，墙面有彩绘。前檐设卷棚。整体雕刻朴素流畅，又不失雅致。

想当年作为祖庙的龚氏宗祠定然是气势不凡，大厅正中还高悬一块皇帝所赐匾额，可惜这块匾额早不见了，宗祠在今天也显得破败，仿佛在期待有心人为它重整旧日光彩。

鹿亭乡石潭村是龚侍郎的故里，而鹿亭乡晓云村聚居的褚姓村民，则是褚遂良后裔之一支。《褚氏宗谱》载："南宋孝宗时，镇江录事参军褚邦英由慈溪金川徙余姚四明小岭（今晓云），为小岭褚氏始祖，嗣后子孙有分居低塘、梁弄、王石坑、深坑、上庄等地者。"宗谱明确记载，晓岭褚氏为唐代永徽四年宰相、书法大家褚遂良后裔之一徙居晓岭的族群。位于鹿亭乡晓云村东溪西侧的上村褚氏宗祠，就是褚氏后裔徙居四明后，为纪念褚遂良的忠直清正而建的"忠清堂"。

褚氏宗祠始建于清道光年间，光绪年间曾重修。坐北朝南，依山势而建，由大厅、厢楼、门楼组成院落。大厅三开间硬山平屋，与侧楼同高，空旷亮堂。明间五架抬梁式构架，三柱落地。梁间装饰花板，金柱硕大，柱础腹鼓，雕饰如意纹饰。两次间穿斗式构架，五柱八檩。大厅前设卷棚顶廊，牛腿贴塑木雕，雀替雕饰卷草纹，素雅清逸。原祠内完整地保留着最初的格局，大厅东、西山墙分别嵌有清道光二十四年（1844 年）和清光绪三十四年（1908 年）"忠清世家"祠碑，记述世迁简况和助田名册等。碑记题字因长期浸风淋雨，已漫漶不清。

作为余姚褚姓的始居地，褚氏祠堂显得弥足珍贵。重修前的祠堂由于年代久远失修，忠清堂虽然仍保持着原先的格局，但主厅的一间已坍，厢房的门窗四落，可谓残垣断壁，风雨飘摇。前些年，在政府有关方面的关心支持及褚氏后裔的热情参与和资助下，古色古香的褚氏宗祠又以崭新的面貌矗立在晓云村清澈的溪流前。她不仅为鹿亭乡的人文之旅添上了耐人寻味的又一个景点，更成为天下褚氏后人饮水思源、报本敬宗、诉说亲情、共话家族兴旺的一个美好场所。

写到这里我还得另外告白几句，我的祖籍就在余姚鹿亭乡晓云村，这里的褚家祠堂自然也是我的宗祠。族谱上也明确记载褚遂良就是我祖上。所以，我的根，或者我往前追寻的线，是先画向鹿亭晓云，然后歪歪绕绕画向褚遂良。每次说到我的姓，我就会不由自主地说几句褚遂良。如果对方有耐心，我还会多说几句史书中并没有明确记载的事，如我们褚姓后代为何务农多、经商多，为官的少，据说那是因为褚遂良临终前，因为历经官场沉浮，不想后代重复他的"官场历险记"，所以留下遗训，严令他的后人不得再入仕为官。

褚姓在老百家姓里排名第十一，那时的排位，应该是考虑了社会地位加氏族人口多寡的综合因素吧。现在我们褚姓排名都几百开外了，与张陈王李相比较，在制造众多小点点上实在是很不用心。好在有褚姓专家特别考证，说是褚姓血脉特别纯正，因为从来没有哪个皇帝，一高兴了，赐你个褚姓玩玩什么的。其实皇帝这一手还是很狠的，他们更多的是将自己的姓赐给别人，那是对自己狠，也不怕混淆了他们高贵的血脉。也有将别人的姓相赐的，我能说他们用心险恶了吗？不能说的话至少可以用用心良苦这个词吧。褚姓也没有发生过外姓人因为种种缘由并入褚系氏族的，所以，褚姓的每个小点，在历史与时间的长河中，DNA 绝对是很正宗的。

七塔报恩禅寺

一

　　宁波有一条颇有些来历的百丈街，百丈街上有一个更有来历的七塔寺。对于我这个老宁波人来说，七塔寺是绝对不陌生的，只是平日里很少去，一来我单位旁就有居士林，二来我这人天性懒散，常常忘了或不愿遵循一些哪怕再简单的宗教仪式，也不深读、不细究、不反复诵经，更认为一佛即万佛，所以，也没有跑各个寺院，把香火烧遍角角落落的习惯。当然，与朋友们一起去，那会是另一番心情。我曾陪外地的信友专程参拜过不少名寺，七塔寺自然是其中之一。有一次，年轻的现任住持可祥法师邀请我们这些文字工作者前去参观，我也因此对七塔寺院的情况有了更多的了解。知道了七塔禅寺在历史上即为浙东佛教四大丛林（即天童寺、阿育王寺、七塔寺、观宗寺）之一，1983 年被国务院批准为全国首批重点开放寺院。对寺院殿堂内的典雅结构，和古朴庄严的七石塔、山门牌楼、天王殿、圆通宝殿、三圣殿、法堂暨藏经楼、玉佛阁、祖堂、钟楼、鼓楼、东西厢房、综合楼等主要建筑，更有了普通游客或香客所没有的一份熟悉。

逛寺院与逛风景名胜自然不同。去寺院，一颗心总是绷紧的，生怕有什么不敬。所以，去那些地方，总得正正衣冠，确定自己肠胃里没有大鱼大肉，更要怀上满心的虔敬，才敢迈进去。这也成了我不太随便进寺院的另一个理由。

也许与我有一样心情的人很多，因此，在一般的市民眼里，七塔寺更多地成为一个参照系，如碰个头、约个会、问个路，便会说"我在七塔寺那里""我就在七塔寺最边上的那个塔下站着"，或告诉对方"你可以坐车到七塔寺，再往东走上五十来米"等。除了参照的作用，七塔寺自然还很"养眼"，每次路过，那些古朴、结实、好看的石塔，在车水马龙、市嚣尘蒙的街头，总会让人驻足凝望并略作一会儿出世的浮想，那总会是一些干净的想法。如果进入，十有八九的男女也是看风景的，另外的一二才会是进香拜佛的，自然，喜景者见景，喜佛者见佛，无论是看景还是进香，七塔寺都会不负所望，让各位看众、信众各取所需，皆大欢喜：看景的，看到的是七塔寺古旧的韵、悠久的史，善男子、善女子呢，看到的便是一个闹中取静的圣洁之地。观物就是观心，心不同，物不同，这就像摊开的一本书，心浮气躁的现代人，总会选择一些喜欢的章节而跳过更多的内容。

二

　　在诗人眼里，七塔报恩禅寺又成了一个诗意的比喻。我的一位小诗友不止一次告诉我，他很喜欢无意识地去数数那七个塔，从左到右，或从右到左。那时候，他的工作单位就在七塔寺边上，有空没空，他都会拿着他心爱的相机，对眼里的世界进行"扫射"，并在七个"够分量、够级别"的塔前定格。但糊涂的他，到今天还是搞不清楚，分列寺门两侧的塔，是左四右三呢，还是左三右四。有一次他在诗里诉说理想中的爱情，就把那七个塔一个一个地写进去了，每一个塔下都有他设计的一次浪漫的约会。我们也因此可以观想他所渴望的爱情，也应该像塔那样，沉静，恒久，怀着一种海枯石烂的情怀。

　　顺着他的思路想下去，我也许会去猜想，让这个寺院拥有"七塔寺"这样一个名称的七个塔，这一个与那一个会不会有什么不同？哪一个先在这寺院前站立起来，成为第一个守护的使者？哪一个稍轻些，哪一个更重些？这些塔，既然在漫长的历史中，曾一次次被损坏也一次次被重修，像人类那些野草般重生的、顽强的信仰，那现在的七个塔还是一千多年前的七个塔吗？若不是，它们何从感受一千多年来的风雨，并因此站得历史般沉重？

　　这些自然只是痴想。可祥大和尚说："不能有分别心。"可祥大和尚还说:"仰头大师,再俯身自我。"在俯仰之间,相信凡俗若我者,内心的尘土,该是一件可以擦拭的器皿。

<h1 style="text-align:center">三</h1>

可祥大和尚是一位看上去特别年轻、特别英俊的僧人,事实是他确实也年轻,但资历却很老,早在 2003 年,他就荣膺七塔禅寺新一任方丈。他有个理念,就是构建和谐社会,佛教应该发挥其重要作用。这个作用其中很重要的一笔,就是发扬"无缘大慈,同体大悲"的菩萨济世思想,做的立足宁波、面向全国的赈灾、弘法、利生等一系列活动。比如,在寺院建设资金十分紧缺的情况下,仍一次次向慈善总会、希望小学、残疾人事业、癌症康复中心捐款,近十年来,善款已达 500 万元。比如,寺院一直致力于佛教文化的挖掘与整理,创办七塔禅寺佛学文化网站,创办《报恩》杂志,还将建立图书馆、禅学堂、报恩大讲堂作为七塔寺二期扩建工程的主要内容,并陆续出版了"七塔报恩"丛书。这种以文化与教育来建设现代佛教寺院的理念,与我们这些办文学刊物、写文学作品,期望以文学之美给人间日常增添暖意的人,似乎有着异曲同工的志趣。

七塔禅寺因此也吸引了一大批文化人士的到来,他们愿意为她的兴盛添砖加瓦。我一闺密,是七塔寺图书馆的志愿者,定期去寺院里为图书馆的运行服务,我问她,你都在里面做些什么啊？她说，整理书，为读者做点服务工作。我这个闺密本身就是一位作家，她说看到人们在里面安静地读书，心也会很安静，同时觉得写一些文字，用来表达内心的感想与情愫，让心与心更多地沟通，也是人间一件顶顶美好的事。

素有儒商之誉的慈善企业家储吉旺先生，本身也是一位作家，一直倾力支持宁波文学的发展。我就职的宁波唯一的纯文学刊物《文学港》杂志，他就捐资了上千万元，设立储吉旺文学奖。这样的一位纯善之人，自然会与本地的七塔禅寺结下不解之缘。他捐资建立的普门柱，成为七塔禅寺新的著名亮点。

宁波诗人王凌云有词赋说他们俩，我摘录几句，只为一种点赞和附和："甬上有两善人矣，一俗一僧，一长一少，然皆佛心具足，两人以佛结缘，遂成忘年莫逆。长者储君，少者可祥，心怀慈悲，散财无算，益众无数……"

四

七塔报恩禅寺与宁波建城同长的历史，翻出来已太过绵长悠远，以至于那些大德高僧渐行渐远的脚步重叠在一起，让人很难轻易区分它们之间的轻重高下。在这里我也想取其寺志所载，略作梳理，用流水账式的复述，重忆七塔寺建寺近 1200 年里，那些漫长的辉煌或几个一闪而过的细节。

七塔禅寺初建于唐大中十二年（858 年），当时有江西分宁宰任景求舍宅为寺，敦请天童寺退居方丈心镜藏奂禅师居之，是为开山始祖，寺初名"东津禅院"。藏奂禅师是马祖道一嫡传法子、五泄山灵默大师的弟子，故东津禅院属于禅门洪州宗一脉。唐咸通元年（860 年），浙东裘甫率兵起事，攻城掠地，四明亦遭荼毒。一日有一大头目率领两千多乱兵闯入寺院，欲行抢掠。寺众惊骇逃散，唯藏奂禅师临危泰然，在殿中瞑目禅定，神色不变。众兵惊异慑服，作礼而退，寺院得以保全。翌年，郡守以此奏闻朝廷，盛称师德，懿宗诏改"东津禅院"为"栖心寺"。

宋大中祥符元年（1008 年），真宗敕改栖心寺额为"崇寿寺"。此时，寺院已成四明地区的著名道场之一。北宋政和八年（1118 年），宋徽宗因受道士林灵素之惑，崇迷道教，下旨将佛教寺院改为道观，崇寿寺随之改为神霄玉清万寿宫。北宋宣和二年（1120 年），仍还原为崇寿寺。

明洪武十九年（1386 年），信国公汤和为抗御倭寇侵扰，实行坚壁清野政策，将海岛居民迁徙内地，焚毁普陀山宝陀寺（即普济寺前身）殿舍三百余间，迎千手千眼观音菩萨圣像于宁波府崇寿寺内供奉，寺院住持惟摩石沃禅师舍地以建；寺东三分之一面积，复建"栖心寺"。第二年，诏改寺额为"补陀寺"，从此遂成观音菩萨道场，人称"小普陀"。

清顺治年间（1644 ~ 1661 年）七塔寺重建佛殿、方丈殿、山门、钟楼等。清康熙二十一年（1682 年）修建大悲殿，超育建云来庵塔院。因寺前建有七座石塔，故俗称"七塔寺"。寺经洪杨之役（即太平天国革命）惨遭兵火，遂成废墟。清同治十年（1871年），江东迎春弄周文学医生母子发心重修佛殿，早磬晚鱼，募化不倦，以人微言轻，应者寥寥，仅建山门及偏屋数间而已，母子相继抱憾而殁。清光绪十六年（1890年），天童寺退居方丈慈运长老应地方绅董之请，出任七塔寺住持，广集净资，梵宇一新，衲僧云集。清光绪二十一年（1895年），慈运长老晋京请颁《龙藏》一套，并蒙光绪皇帝敕赐寺额为"报恩寺"。

民国时期，觉圆长老担任住持时，礼请华严学大师溥常长老在寺内创办了七塔报恩佛学院。寺院历代高僧辈出，法派弟子岐昌、道亨、僧晙、智圆、常西、觉圆、圆瑛、溥常、指南、显宗等近代佛门大德曾先后担任住持，虚云、谛闲、圆瑛、道阶、溥常、谛闻等常于寺内讲经说法，大施教化，影响深远，在佛教界享有盛名。

七塔禅寺自创建以来，屡经兴废，特别是十年动乱之际，更遭严重破坏，七塔道场名存实亡。1980年，党的宗教政策落实，成立七塔寺修复小组，由宁波市佛协会长月西大和尚任组长。经过10余年苦心经营，终于将寺院殿堂一一修复，重现往日庄严恢宏气象，成为市区内唯一一所大型寺院。

1993年月西大和尚圆寂后，其高足可祥法师秉承师父遗训，带领全寺僧俗四众，走出了一条与时俱进、别具特色的发展之路。

　　七塔禅寺为浙江省重点文物保护单位。寺内除主要殿堂为古典建筑外，还保存有一批珍贵文物，增添了寺院文化底蕴：如寺院开山祖师心镜藏奂禅师舍利塔，上刻"唐敕赐心镜禅师真身舍利塔"等字样；如宋代大铜钟两口，各重达七八千斤，分别铸于南宋绍兴四年（1134 年）和南宋嘉定十一年（1218 年）；如清雍正十三年（1735 年）刻印、光绪颁赐之《龙藏》一部；如梵文贝叶经一部；如清代所刻五百罗汉造像砖，工艺精妙，形神兼备，佛门珍品，海内无双；还有"栖心一览"文物陈列室所藏各种珍贵文物等。

普陀圣地不肯去之只言片语

一

　　僧人释正进与俗人张连文似乎是不相干的。俗人张连文酷爱文学，干过一家大工厂的办公室主任。僧人释正进，五十多岁的东北汉子，面红齿白，相貌岸然。这个东北汉子，时常与一帮文朋诗友谈古论今、说天道地，也风花雪月。他曾与我说起那样的一个场景：冰天雪地里，一帮哥们坐啤酒箱上，彻夜长谈，每至兴处，从屁股底下拉出一瓶啤酒，用坚硬的牙咬开瓶盖，咕咚咕咚几大口就下肚了，还直呼畅快。而俗人张连文结婚生子，平时接待天南海北的客户，业余写诗、写小说也写散文，还上作家班，想着成名成家。那都是 20 世纪八九十年代的事了。

　　后来他接触了佛学，人生就在那里转向了。他曾云游各地寺院，有一天，转到了普陀山，就再也不肯走了。现在，他是普陀山的挂单和尚，编过很长时间的《普陀山佛教》杂志，现在在普陀山佛教协会里做一些弘法工作。他仍写诗、写散文、写小说，写诗、写散文署俗名张连文，写小说时署笔名钱二小楼，他的诗歌上过国刊，小说上过某名刊的头条。内容嘛，大抵介于出世与入世之间，仿佛他的内心一直在这出入之间挣扎。

不过，就在前几天，一位刚见过他的东北旧友谈起他，说他的眼睛真干净。干净得让他看不到张连文，只有释正进。

二

要用沙子的眼光去发现一粒沙子。发现它上亿年的漂泊、浪荡或随遇而安，它情愿或不情愿地被海水反复裹挟、淘洗和冲刷。现在，它安顿下来，头上是蓝蓝的天空和丝绒般的白云，身边是日夜喧响的海水，暖暖的阳光照着它金黄的身子，也照着它一丝丝遗世独立的神情。

再不走了，就是这里，一粒沙要留在一大片沙子里。这是多大的一个家族啊，连绵五个沙滩的十里沙疆，让我们探寻的眼里满是金子，这些细腻均匀、洁净无泥的金子，被轻柔的海风吹出一道道细碎的波纹，心便也看得柔柔的。

留下来的沙子，不肯去的沙子，更源于一双双神来之手。这是聚沙成塔的、迷恋自然与美的、艺术的手。是这些手，让一粒沙与众多的沙紧紧抱在一起，呈现给我们近乎神迹的视觉奇观。

朱家尖——中国的沙雕故乡，我们一次次驱车前往，感动于童话般宏大神奇的场景。看不再随风而走、随浪而逝的沙子，如何紧紧相拥，只为托举起我们内心关乎自然和美的梦想。

三

说起来，桃花岛的第一个岛民还是安期生。这个童颜鹤发的老人，为寻神山仙草，驾一叶小舟偶尔路过这里，上去一看，便不肯离去了。这真是神仙住的地方，四面是海，东、西两头是山，两山之间是一片平地，气候温暖，风景秀丽，他便在这个岛上住了下来。设炉炼丹，开垦种植，写诗作画。这自在逍遥的日子过了有几十年。宋《乾道四明图经》载："安期生尝以醉墨洒于山石上，遂成桃花纹，奇形异状，宛如天然，人多取之，以为珍玩。"桃花岛产桃花石，桃花岛的名字也由此而来。

但桃花岛在今天名闻遐迩更得益于金庸先生，他在《射雕英雄传》和《神雕侠侣》里对这座东海小岛作了美妙神奇的描写。桃花岛自然也不辜负金老先生的生花妙笔，她集海、山、石、礁、岩、洞、寺、庙、庵、花、林、鸟、军事遗迹、历史纪念地、摩崖石刻、神话传说于一体的自然景观与人文景观，让人叹为观止。用流连忘返来形容游客的心情当不为过。

四

唐咸通年间，有个叫慧锷的日本和尚，他想将一尊檀香木雕成的观音佛像带到日本去建寺供养。但是怎么也没法将船驶离普陀山。只待他的船一出海，风浪就来了，将船打得东倒西歪，直打转转。而等慧锷将船驶进普陀山的一个山岙里，抛锚落帆，风浪就立马平息了。如是者再三。好不容易在第四天风浪平静了，没驶出多远，船却像在海水里生了根，进退不得。

原来是帆船被一朵朵铁莲花团团围在中间了。

慧锷大惊，难道是观音大士不愿去日本吗？他回到船舱里，跪在观音佛像面前祷告说："如若日本众生无缘见佛，我一定遵照大士所指方向，另建寺院，供养我佛。"话音未落，忽听得"轰隆"一声，从海底钻出一头铁牛。铁牛一边往前游，一边大口吞嚼铁莲。一会儿工夫，洋面上就出现了一条航道，帆船跟在铁牛后面，沿着这条航道前进。不久，又是"轰隆"一声响，铁牛沉入海底，满洋的铁莲也无影无踪。慧锷定神一看，原来帆船又回到了普陀山的一个山岙里。他手捧着观音佛像，爬上普陀山，放眼一看，但见金光闪闪的沙滩上，海潮时退时涨，郁郁葱葱的山峰周围，是一片茫茫无际的海洋。晨观日出，夜听潮声，真是另有一派风光。慧锷心想，既然观音菩萨不愿去日本，就在这里造座寺院，让观音菩萨定居在普陀山吧！

没多久，一座小庵堂造好了，这尊檀香木雕成的观音佛像就留在普陀山了。那座小庵堂，就叫不肯去观音院。

五

普陀圣地，他在这里已经有三年了。佛说人人都是菩萨，那么，来了就被这里所吸引的他，也已是一尊小小的不肯去菩萨。在这里他找到了他的人生方向，只是分开三年的女友，让他一直放不下。她在远方也有一份还算合适的工作，她一直犹豫着要不要也来普陀与他团聚。

那天他对女友追发了几条长长的微信：

"小倩，爱你的心我从没改变。但我的事业和前程与这片土地绑在一起了，我已将沈家门当作我第二故乡。毕业三年了，我们分开也有三年了吧。你不知道这三年我所在的普陀区变化有多大，这其中也有我的付出和辛劳呢。尤其是现在舟山市升格为舟山群岛新区之后，这里更成为我们年轻人寻求发展的热土。我怎舍得离开这里呢？我自然更不舍得你，每天睁开眼，看到窗前干净的天空和蔚蓝的海水，我就会特别想你。在难得的假日里，我偶尔也会去普陀区所辖的普陀山、朱家尖、桃花岛等处走走，那些风景我们都一起看过，想到观景人不在，心里就特不是滋味，恨不得将你从天边揪到眼前。"

"小倩，我知道你爱我。还是你过来吧。这里也会有你的位置。你先过来试试吧，我已替你联系了一份适合你专业的工作，你一定也会有所作为的。相信你来了后，也会像那尊观音像，不肯去了呢。那时，你就是我的不肯去观音。"

"爱我，你就来普陀吧。"

向阳桥

中午陪老父亲去他出生的地方怀旧了。他生在宁波南塘河的向阳桥旁，向阳桥位于宁波海曙区南郊路南塘河北端，为单孔平板石桥。桥东西向，两侧拦板阴刻"向阳桥"三字，清光绪十九年（1893年）重修，现保存完整，是一座典型的清代古桥，为南塘河上仅存不多的古桥之一。父亲小时候就生活在那里，那时爷爷开了一个山货店，店名叫"褚鼎新山货店"。他说原来那地方很繁华，可现在在我眼里却破败得不像样子，还很乱，我以前没来过，真不知道宁波还有这么一个脏、乱、差兼具的地方，深藏在五星级的南苑饭店后面。他当年住过的老屋正在拆，七八十年前的繁华依稀还在他眼里。现在是2012年，写这篇文章时这一片残地已开发了一部分，就是南塘老街，从规划上看，这里以后将好看、有趣得不得了，美食、古玩、各种时兴店铺等一应俱全，是一个像模像样的老街市，将成为宁波未来的一个地标。过去的繁华一定可以再现。

我父亲，这个彻底的唯物者以前老是说，他去世后让我们将他的骨灰撒在向阳桥下的河水里，一大串子女集体摇头。河水早不复他小时候的清亮，万一河边散步的人知道了，会不会怕？那河水是活的，以后将老父亲淌走了，想他时我们去哪里寻他呢？肚里自然还有小九九，尤其是兄弟们。按传统的说法，他们才是褚家血脉的真正继承者。祖坟好坏对他们的后代影响是巨大的。有多大？不是说一个人撞大运，皆因祖坟冒青烟吗？祖上占了风水宝地，后代就会富贵逼人，至少能让子孙衣食无忧吧。骨灰撒了，淌到海里，祖魂儿海阔天空了，孙辈儿会不会就惨了？所以，老父亲的话只能听不能办，当不得真。这方面，孝子孝女我们是做定了。好在母亲是个老迷信，早早修了寿坟，很宽敞的两穴，坟地的价格也像现实中的房产，不知翻了几个跟头。八十五岁活回老孩子的母亲赌气时会对我们说，买坟的主意是她一个人的，钱也是她出的，不给那死老头住！我们这群不孝子在私下一致发声：啊啊！这可不是老母能做得了主的，百年后他们两个住在豪宅里一起说笑闹吵，那日子，至少不乏味吧。

照片自然少不得要卡嚓卡嚓，相信到我老时，这些照片也会成为我怀旧的内容。老父指着已成为文物被保护着的南塘河上的向阳桥让我看时，眼神就有些不一样了，那是多了感慨和回忆吧。这座在旁人眼里很不起眼的石桥除了桥身上那几个很有劲的"向阳桥"三个字给人以年代感，我真看不出还有什么特别的。宁波是个水城，过去，这样的桥在城里应该是数不过来的。以往，我很少关心过父亲童年时的生活，他没怎么说，我也没怎么问。很多次是父亲在饭桌上主动说起的，他说过了就说过了，我们听了也就听了，没往心里去，所以，向阳桥似乎只存在于父亲的生命中，与我毫不相干。但今天我见到了，我不能再这样认为了，我突然发现它的老旧对于我的意义，这就像我父亲的老迈和行动不便，这是岁月流逝的意义，是昨天、今天和明天的意义，或者终究也是伤感的无意义。

想起爷爷讲他当年喝了酒在桥上逞能，于众人的喝彩中，翻上几个漂亮跟斗的情形，翻跟斗用宁波土话说就是打虎跳。那桥也就二丈宽三四丈长吧。他翻过来又翻过去，他打虎跳时，远没我现在年长，他过世时才三十七岁，我父亲七岁。据说他的短命跟酒后打虎跳最后伤了胃有关。逞英雄总会气长命短吧，这些很没文化的动作终究要了山里来的没什么文化的小店主的命。而我以为，他命短，应该还与向阳桥太短有关，他老是翻来翻去的，用身子去量这座桥，量来量去，将命也量得短了，如果桥长些，父亲就会多享些父爱吧。也许因此，后来守寡的奶奶拼了命去上海帮佣，为了让家中独苗的父亲读上书有些文化。

父亲也一生好酒，但酒后不翻跟斗。他只喜欢说话，以前是不厌其烦地对我一个哥哥说教，因为他总想往他心目中的"歪"里长，后来就喜欢与我们淘古，我很惊奇地发现，我父亲还是很有些见识，也很豁达讲理，联想到他长年记日记的习惯，就终于知道我喜欢文字的出处了。我也会些酒，但我不翻跟头。我是不会，就是会，翻起来也让人感觉不正常吧。陪着老父亲重回儿时生活的地方，我心中的念头是，等什么时候南塘河全景修复了，最好在吃食店里喝点酒，于酒热心跳时再陪着老父亲慢慢走过南塘老街，走到向阳桥上停上一会儿，只为与他一起看水缓桥短人亦老，独叹往事深长。

神游者

他在世间行走，有时候是有肉身的，有时候没有。

有肉身时，他显化人间，为人子、为人夫、为人父，随缘分事王事侯、救国辅政、教化人民。

没有肉身时，他是神、是仙、是灵，到处神游巡视，受上天委派专门掌管生死大权，访善恶之人并惩恶扬善。

后来因为他多世是文儒，勤读天下之书，就命他为文官，掌管读书人文运昌兴之事。

所以，天下凡有读书人之处，便有他的香火，他也因此成为享受百姓祭祀最多的神祇之一。

他便是梓潼帝君，也就是文昌帝君。

传说，天地混沌初分的时候，梓潼（文昌）帝君就已存在，吸收辰宫星的精气，运五行火德之情，修成道果。然后他就开始穿行于人间，来来回回地显化。

他的显化事迹被记载在《梓潼帝君化书》这本书里，一共有九十七个范例。《明史》的《礼志》称："梓潼帝君，姓张，名亚子，居蜀七曲山，仕晋战殁，人为立庙祀之。"

张亚子即蜀人张育，东晋宁康二年（374年）自称蜀王，起义抗击前秦苻坚时战死。后人为纪念张育，即于梓潼郡七曲山建祠，尊奉其为雷泽龙王。后张育祠与同山之梓潼神亚子祠合称，张育即传称张亚子。

唐玄宗入蜀时，途经七曲山，有感于张亚子英烈，遂追封其为左丞相，并重加祭祀。唐僖宗避乱入蜀时，经七曲山又亲祀梓潼神，封张亚子为济顺王，并亲解佩剑献神。

宋朝帝王多有敕封，如宋真宗封亚子为英显武烈王，宋光宗时封为忠文仁武孝德圣烈王，宋理宗时封为神文圣武孝德忠仁王。元仁宗延祐三年（1316年）敕封张亚子为辅元开化文昌司禄宏仁帝君。梓潼神张亚子遂被称为文昌帝君。

张亚子也成为文昌帝君在人间的一次最著名的显化。

我对神道传说本不感兴趣，文昌帝君显化的事迹，大多也是劝为善讲因果报应之事的。但有几件事却让我印象很深。比如他自剔骨肉和羹救母，让上天延母寿一纪十二年。还有一次是他为父母坟免遭水侵，日夜诵大洞仙经，凭仙经与元始天尊金像之力，苦苦守坟三年，这都是他流传很广的孝举。

我尤其对他有记载的两次婚娶感兴趣。娶妻生子也是列入孝道的，既为人子，他便得行人伦，得娶妻生子，尽管他也知道自己的本来面目是什么。说到底，他是一个入人道讲人伦，入神道讲神伦的天地间真君子，这也是文昌帝君让我特别感佩的一点。

他第一次娶的是幽婚之妻。

说他梦中见到一座高大坟墓，一个过世的漂亮女子向他表衷情，说因为生前倾慕他却没能嫁给他，她在夫家抑郁而亡。一月后他又做同一个梦，醒来与友人去访，果真与梦中情形一样，只见墓穴中走出妙龄美女，呼他"郎君"。他的朋友恰好是该女子家族的亲戚，就去告诉了这位女子的父母，让他父母将女儿接回了家。

道中人也爱美眉，更何况是生死相思。最后他与女子成了亲，婚后还生了个儿子名叫渊石。

渊石七八岁时，那女子说："我们的儿子长得和相公一样俊美高雅，并懂得礼数，请你好好地待他，我和相公这一世的缘分已经尽了。"说完就再一次去世了。

这剧情与汤显祖的《牡丹亭》极为相似。

《牡丹亭》写的是南宋光宗时南雄太守杜宝的女儿丽娘游园归来，感梦而亡，后又还阳与所爱之人喜结连理之事。很有可能，文昌帝君的这次幽婚与《牡丹亭》出自同一个"杜太守事"的传说。

这"杜太守事"实际就是现在还被保留在《重刻增补燕居笔记》里的话本小说《杜丽娘慕色还魂记》，因为汤显祖是明人，文昌帝君的《梓潼帝君化书》约成书于元代。

虽源于一个故事，有一点却明显不同。文昌帝君抱定"幽婚姻者，戒苟合也"。在梦里，文昌帝君也恪守男女之道，抽掉了灵与灵结合这个细节。而汤显祖大师却让男女主人公在梦里就成了好事。两相比较，前者是道义，后者是浪漫，神与凡人泾渭立现。

还有一次就是前面提到的唐僖宗乾符年间，那时候灾荒连年，河南尤为严重，百姓无以为生，被迫揭竿而起。文昌帝君那时在灵界，他的职责是守护天下平安。按道家说法，皇帝本是天上下凡的星宿，这星宿应该比仍在人间边行走边修行的神灵大吧，而梓潼帝君最后成为文昌帝君也是皇帝封了、百姓信了才功德圆满的。所以，文昌帝君得帮唐僖宗维护政权，助他打败起义的百姓。

在逃难途中，僖宗一感动就对他说："我有一个女儿，叫兴唐公主，是我所有女儿里最端庄、聪慧的，我把她送给你做妻子侍奉你怎么样？"

文昌帝君说："臣在阴间，怎么敢接受呢？"

僖宗不让他推辞，对他又封王、又拜祭、又赠剑。后来僖宗回到了长安，兴唐公主也死了，文昌帝君便应帝命迎娶了最端庄、贤慧的公主的魂。

文昌帝君第一次幽婚是女子还阳，人与人相配，而这一次是女子死后，她的魂魄与在阴间的文昌帝婚配。人与人交，灵与灵合，阴阳不兼容，这实在是很有意思也很道教的行事原则。

另外有意思的一件事是，在道教中，不少神祇总是在成长着的，文昌帝君在混沌初期吸收天地精华修成道果后，在人间不停地转世，救赎众生又不断地完成自我修习，到后来才终于成长为地位很高的文昌神，全面负责人间的学习和考试，可谓千山万水、千锤百炼。各地的文昌阁或文昌楼等，也成为祭祀文昌帝君的专属建筑，保一方文风昌盛。

文昌阁或文昌楼多建在市井中心地带或地势较高处，一般为砖木结构楼阁式建筑，攒尖顶，二三层居多，每层皆有檐面，四、六、八角不一。一层多为砖墙，开窗设大门，二层以上为木墙或木栅栏，可凭栏远眺。

有些文风很盛的乡里也建文昌阁或文昌楼。宁波相类似的文昌阁就有许多处。最著名的当数溪口的文昌阁，它的名声远播海外，现在早已成为热闹的文化旅游景点。溪口文昌阁初建于清雍正九年（1731 年），因阁内供奉首奎星，故又名"奎阁"，有"奎阁凌霄"之称。1924 年清明，蒋介石回乡扫墓，见其破败不堪，出资请他的哥哥蒋介卿召集民工拆除重建，次年便建成了一座飞檐翘角的两层楼阁式建筑，面积 500 平方米。

蒋介石把它取名为"乐亭"并作《武岭乐亭记》来描述其美景。1927 年 12 月，蒋介石和宋美龄结婚后每到溪口，常在此小住，这里成了他们的私人别墅。文昌阁一楼为会客室，二楼是蒋介石、宋美龄的卧室和起居室。

西安事变后的 1937 年 1 月 13 日张学良将军被送到溪口软禁，最先的落脚点也是文昌阁，他住了 10 天后才被移送到雪窦山。1939 年 12 月 12 日，六架日军侵华战机轰炸溪口，文昌阁被夷为平地，直至蒋介石离开大陆，始终是一片废墟。现建筑为 1987 年在原址按原样复建。

另一著名的文昌阁位于余姚城区龙泉山南山腰。初建于明万历年间。现存建筑是清同治元年（1862 年）倾圮后于清光绪十九年（1893 年）由乡人集资重建，至今保存完整。

这座文昌阁坐北朝南，重檐，东、西两侧筑马头山墙，总占地面积达 300 平方米，总建筑面积 250 平方米。分三开间，通面阔 8.45 米，通进深 9 米。明间梁架为抬梁式，次间为穿斗式，用五柱、八檩。殿前有船棚顶轩廊，廊枋雕刻精细传神，重檐飞椽，用材较大。地面石板错缝铺砌，屋面小青瓦覆盖，置勾头滴水。文昌阁东侧另有附属建筑，为三开间硬山平房。通面阔 9.05 米，通进深 7.15 米。梁架结构为穿斗式，用五柱、八檩。用材较小，装饰素雅。

也有原来很负盛名，但现在只剩下地名与传说的，如宁波市区到樟村的公交线上，有个站点叫文昌阁。传说那里的文昌阁，庇佑过很多代乡里学子。那天坐车路过，对于这个地名，我陷入了一种想象的场景，在那里，我看到学子在堂前诵读经书，才子在楼上吟诗作画，屋檐上风铃不时配以铃铛脆响，好一幅清明文运昌盛图。而文昌帝君一直就在边上静静守护着，同时也享受着乡民们虔敬的香火。

灯说，我照着你吧

——《醉里吴音》阅读随手记·代后记

赖赛飞

我的大学同届不同系的学友荣荣将她的散文集《醉里吴音》初编稿拿给我看时，我心里抱着一份特别的好奇：一个诗人，会写出怎么样的散文呢？

第一眼看见《一夜两吹风》。

不是从零开始，而是从一开始，数字才往无限里走，也才有了一夜两吹风：风始终在吹，吹了又吹；风吹过了你，吹过了我；谁吹的是寒风，谁吹的是熏风……除了不是一阵风，还不是一种风。

有的好文章，就如一件质地考究、精工制作的衣裳，外加五种香料熏制、十种宝石点缀。另有好文章却纯由生活本身尤其是情感本身构成，对此我没有太多拆分的欲望。人、文互动的过程中，不尽然是作品感染了读者，还有作者将自身的纯粹成分——深刻的生活、情感认知渗透了进去，形成的流转伴随着文章的展开，另辟蹊径的同时指点迷津。这类文章作为一个场，体验过程也只能是沉浸式阅读，混沌的刹时通透，仿佛有个人刚从心里穿过去了。然后这文章的天然性不可遏止，呈现出的自我成长，带着内在力，沿途进行无声无息的植入。

这本集子里绝大多数篇目包含神话传说，还有历史悠久的人物和物事：花、寺、壶、酒、扇……因为悠久，他们与它们本身也构成了神话传说。

物质文明显然无法缓解人类根本性的匮乏。如果单从神话传说来考量——绝大部分离不开爱与美、与善、与勇敢的演绎。作为稀缺资源，当神话传说依然神圣并依然传诵，就能确认没有现实可以取代或终结它。我因此更感动于由生活与情感本身酝酿提纯的文章，那里面呈现出来的人类自身境况，虽然与一日千里的时代发展相比，有的是粗糙甚至难堪，可是生活带来了一切真实，情感浸润其中维持了它的有效运行——情感在此被反复锤打，折叠的痛感与欢娱，结合出难以测量的厚实绵密，告诉人思想的来历远非沉重一词衡量得出。由此，神话传说不是一只人刻意吹出来的气球，会被针刺破，它是人类一路走下来生活与情感所有合谋的结果。每一次出现，每一次诠释，每一位创造者在此加进了自己的那一份——读到的人，平白又被锤打一通。痛感或幸福感，隐隐的，再度醒来。

《一夜两吹风》里，出现了秦少游与苏小妹、梁山伯与祝英台，出现了陆游、赵士程与唐琬，出现了《碧玉簪》里的王玉林、李秀英与顾文友，也出现了梅艳芳、萧红。这些人物都活成了传说，或者本身就是虚拟对象。最后出现的人物才是现实的：习惯站在高楼往下数黑白汽车的老娘和她中风在床、不仅被剥夺了行动自由且被限制饮食的老姐妹。

至此，风最终吹到了人生晚年里的两位女子。如此脆弱，仅让微风吹送她们，竟然听得出此起彼伏的瑟瑟声，比起大风起兮还摧枯拉朽。

整篇文章犹如一场风，起于青萍之末——从纸上的旧事吹起，纷纷扬扬的是新鲜热辣的心绪。中间一个插曲——或者干脆一阵回风，吹到了放出这些风的她心里，给她吹来了一头孤寂的大象。是的，孤寂就是一头大象，拥抱则是一个人的事，也是专业上的事——朋友圈的表情包里有这么个人，负责给人们送去永远空缺的拥抱。显见经过设计，依然是一个人的风，一个人的零乱或飞扬，一个人的绽放与凋零。

与《一夜两吹风》有关联的是《小乘凉》，那里谈到了微风制造器：扇子。跟闲话一样，也是乘凉的标配。

"小时候能想到的凉全是物质的，比如风，风是凉的。比如月和星光，它们都远远的，一片清凉。还有水，冲个凉水澡，将自己像衣服一样晾着，也算是乘了凉了。

"然后在文字里种一棵乘凉的树，坐在下面，有一句没一句地想一些遥远的心事。实在没什么想的了，就想想人家的乘凉事，比如郑人乘凉……所有天下被爱着的男子，知不知道他的女人白天与晚上的不同？"

空调横行时代，她笔下几十年前的乘凉场景看过去也开始有了神话传说意味。在郑人乘凉之后，是做南柯梦的淳于梦——一个梦的工夫做上了太守，紧接着面临兵变，及时醒来。

她在其中感慨：

"多么幸福的一晃啊！"

"这是最惊悚的乘凉了。"

跟着晃上一晃、打个寒战。然后《桃花扇》出场，侯方域、李香君，用"悲欢离合"概括之很严实。人物与故事接近历史真实，《桃花扇》却是传奇——传奇在李香君身上。

"这出戏演了三百多年了。戏里的李香君有持折扇的，也有持团扇的。所以学界历来有'团扇''折扇'之争。有学者认定那扇子应为折扇，理由是好几个，比如第六出《眠香》中，侯方域在扇面上题诗后，李香君'收扇袖中'；第二十二出《守楼》中，李香君'持扇前后乱打介，好利害，一柄诗扇，倒像一把防身的利剑'。"

"侯方域就是用一把扇子祸害了香君终身的。"她用这一句为文章作结，使我想要复述前面一句：

所有天下被爱着的男子，知不知道他的女人白天与晚上的不同！

夜凉如水，再加天凉好个秋。

仿佛为了弥补或冲淡，就有《人间温暖》一篇，写了种种取暖：用各种织物裁衣，盖起重重屋宇，制作取暖桌椅，将热水灌进玻璃瓶，再不济抖腿发热、奔跑发热、碰撞发热……所有的自发热。

还是刺骨的冷吗，只有为你点燃一堆取自心头的文字取暖：

"我几次到过河姆渡……

"再原始的生活，一个男人与一个女人在一起，肯定也是因为喜欢吧，喜欢就是爱。

"让你我共享食物。

"我将翻山越岭，为你采撷那朵香甜的花儿。

"我愿意为你生猴子，一堆的猴子。

"我会抱紧你。在衣服和房屋之间，我的怀抱是为你独添的爱裳，按你的心灵裁剪。

"若你死了，我就是那个为你掩埋的人。

"食物与花与拥抱，就是喜欢和爱。掩埋，是生命最隆重的仪式。

"谁先走，就待在最后那个温暖的地窝里，全身心等着。"

这是终极的取暖了，暖得彻骨，暖到地老天荒。

《醉里吴音》里写得最多的是花。

花朵是一种意象也是一种具象，开放在植物枝头，也开放在文字上甚至冒犯上。花朵在文字里神游，还选择性地开放在一个人的心中，伴随她全部历程。据此可以断定，一个这样的作者，她的文笔经过，带来了一阵又一阵的风，风里摇曳着缤纷的花朵。古往今来不断现身的人是风中人，亦是花间人。

相比于植物，人类始终显出潦草。仿佛进化途中，越迟的越急，一不小心成为急就章。相比之下，花朵耐烦，极度的精致，乃至神奇。

昙花、桂花、蜡梅花、油菜花、桃花、栀子花、月季花，各有各的美与难。

这当中，昙花最短，昙花一现。

她要的是昙花开里论短长。

《昙花刹那》里说，昙花又名韦驮花。不出意料，神话传说里的昙花原为花神，长开不败，为一个凡人青年浇灌，终生情愫。拆散之神出现，让昙花从此只开一小会儿，还让青年出家，赐名韦驮，从此遗忘花神。千年若等闲，花神犹记，韦驮已忘，一年一度，采花之际亦对面不相认。直到撮合之人出现，舍身成仁，韦驮才记起前尘往事。

在此，作为旁观者的神与人所起作用一反一正，展现出的意志力也一弱一强，完全可以质疑彼此的定义已然互换。

似乎为了证实昙花开里如何从容论短长，文章就刹那的短长论起，换算出弹指间等于六十刹那。娑婆世界的劫以亿万年计，于极乐世界不过一昼夜。左右对照之下，昙花一开几个小时，人生则不满百年。

"比起刹那，昙花一现长的何止几何级数。几小时甚至一夜，比拥抱长，比邂逅长，比重逢长。看来花神在为她的爱情伤情的时候，也为人间的有情人留下了足够多缠绵的余地。"

说的又是长长短短的人生算不上尴尬，甚至恰到好处：

"亲爱的，在昙花凋谢前，我们还来得及互诉衷肠。"

自此对昙花要另眼相看了。

与昙花比，月季花算得上四季常开，长短不为人所专门遗憾。

《月季》里，女子印象里的月季花，先开在弄堂里的人家，从人之初开起。

"在模糊的童年记忆里，那些花瓣顶着积雪，还很精神地挺立着，而我总担心它们会被压坏，每次会很多余地去将那些积雪小心地摇落。有一次还被花梗上的硬刺弄破了手指，邻居大妈用她的手绢替我裹手时，说我小小年纪心有大善。"

一路往前开。

"小时候看电影，看到有一种用于联络的暗号，居然是摆在窗台上的盆花。我曾与小伙伴争论，我坚持认为，那花一定是月季。"

月季开往人生的深处了。她与一位热爱月季的邻家大哥往来。月季在此就是邻家的热心肠：送她自家栽种的月季，亦送她以急需的温饱，顶着无聊的闲话。

搬家以后，她去养老院探望他、去医院探望他，直到他病逝。

"以后的日子里，再也不会有人对我这么好，无缘无故的好。想起他，我就会想起他养的那些长年花开不败的月季。"

漫长的生活之路长满了刺，情感的花沿途开出一朵又一朵。这是让人动容的月季花，无惧欠缺、断篇，将所有的绽放连接起来，终于实现了在人间的长开不败。

《醉里吴音》还有不少篇章，涉江南一带风物及个人的游历记忆，跟着这些文字，心都会灵动起来，旷之怡之。但不敢展开，一篇简单的阅读随手记，长了会烦人的。

从文字里抽身，才觉天色已晚，窗外山影深浓。我起身按下了电灯开关，光瞬间充满内室，眼前一片明亮。依然混沌却又通透的氛围里，想起《一夜两吹风》里的最后一幕：

"我陪着泪眼婆娑的母亲，满大街晃荡。夜空荡荡的，只有风横冲直撞，只有路灯晃着母女俩拉长又缩短的影子。"

然后听到了那句话：

"妈，累了靠我身上，省点力。要不闭眼吧，闭眼跟着我走。"

那一刻，仿佛听到了灯——充满生命角落的光说：

我照着你吧！

2021 年 3 月 21 日于宁波象山寓所